万葉びとの奈良

上野誠

新潮選書

万葉びとの奈良　目次

【凡例】

古典の引用は、原則として書き下し文とし、読み易さを重視して旧字体の漢字は新字体に改めたが、振りがなは歴史的仮名遣いによって付している。ただし、著者文中において言及する場合の振りがなは、現代仮名遣いに統一した。引用される万葉歌は、小島憲之他校注・訳『万葉集』①~④(『新編日本古典文学全集』小学館、一九九四~一九九六年)を使用しているが、私意により改めたところがある。現代語訳は、とくに注記なきものはすべて筆者によるものである。

万葉びとの奈良

奈良市周辺
高の原
木津IC
京奈和自動車道
木津川市
平城山
秋篠川
秋篠寺
平城
成務天皇陵
不退寺
聖武天皇陵
369
若草山
海龍王寺
大和西大寺
西大寺
平城宮跡
法華寺
近鉄奈良線
新大宮
近鉄奈良
東大寺
宝来IC
菅原寺（喜光寺）
奈良市役所
369
奈良県庁
阪奈道路
南円堂
興福寺
奈良公園
308
垂仁天皇陵
尼ヶ辻
奈良
春日山
唐招提寺
西ノ京
奈良市
西ノ京
杉山古墳
薬師寺
大安寺
京終
菅原神社
九条
西福寺
来迎寺
近鉄橿原線
郡山城跡
大和郡山市役所
郡山
169
近鉄郡山
24
隆興寺
帯解寺
帯解
大和郡山市
N
JR桜井線
菩提仙川
0
1km
白坂神社

プロローグ

まず、奈良の駅に立って

奈良を旅する人は奈良駅に――ＪＲ奈良駅でも、近鉄奈良駅でもよいのだが――降り立つと、まずびっくりする。これで県庁所在地の駅なのだろうか、ほんとうに三十八万人都市の駅前なのかと、あきれる人も多い。デパート一つあるわけでもないからだ。あまりにも、街が小さいのである。そんな戸惑いを隠せないでいる旅行者に対して、私は次のように言うことにしている。

――驚かれましたか？　そうでしょう。駅から三十分も歩くと、春日の原始林ですからね。なぜ、こんなにも市街地が発展していないのか、お話しましょう。実は、奈良の街で真ん中のいちばん広いところは、平城宮跡で、そこにビルを建てることはできませんから、商業地はＪＲ奈良駅と近鉄奈良駅と大和西大寺駅とに分断されています。そして、飲食店街は、新大宮に集中しています。つまり、市街地が平城宮跡を取り囲みつつ、鉄道も道路もそこを迂回しているわけだから、奈良の市街地は大きくなりようがないのです。まぁ、奈良でいちば

若草山山頂から、平城京と生駒山を望む（撮影・新潮社写真部）

んよい土地は、千三百年前に宮殿の敷地になってしまったのです。偉大なる空洞ですかね。ですから、奈良市の人は、ちょっとした買い物をする時は、大阪か京都に出ます。そこに奈良という街の悩みもあるんですがね。でも、別の見方をする人もいて、都市機能をみんな大阪と京都に押しつけて、奈良は無理せず悠々自適に生きている街だなんていう人もいます。ここは、意見が分かれるところでしょう――。

奈良という街は、ひとことで言えば街の中心部に巨大な空洞を持つ街なのである。だから、鉄道も、道路も、この平城宮という偉大な空洞を迂回している。この街の市民たちは、商業施設や鉄道や道路の建設計画が持ち上がるたびに、いわば苦渋の決断をして、この空洞を残してきたのである。もちろん、その不便を日々の生活で実感しながら。では、この空洞を眼下に話をしよう。

高いところから見る

私が奈良案内を頼まれると必ず最初に案内するところは、どこか。私は若草山の山頂か、東大寺の二月堂のどちらかに案内することにしている。それは、最初に旅人として、奈良の街を俯瞰してほしいからである。つまり、そのスケールを実感してほしいと思うからである。こんなふうに解説する。

甲賀市
伊賀市
笠置寺
笠置町
▲288
笠置山
南山城村
和束町
山添村
旧柳生藩家老屋敷
円成寺
東大寺
興福寺
若草山
春日山
高円山
春日大社
新薬師寺
元興寺
崇道天皇陵
正暦寺
安寺
帯解寺
円照寺
弘仁寺
良市
帯解
東大寺山古墳
天理IC
石上神宮
天理市
郡山IC
佐保川
天理
近鉄天理線
桜井線
平端
大和神社
崇神天皇陵
三輪山
▲467
川西町
近鉄橿原線
景行天皇陵
三宅町
田原本
田原本町
大神神社
大和川
三輪
近鉄田原本線
西田原本
桜井市
桜井
広陵町
寺川
耳成
耳成山
140▲
香久山
橿原市
大和八木
天香具山
▲152
畝傍
葛城川
八木西口
藤原京
高田川
大和高田
神武天皇陵
曽我川
畝傍山
199▲
高田
橿原神宮
橿原神宮前
大和高田市
安寧天皇陵
岡寺
高田市
近鉄御所線
尺土
和歌山線

奈良鳥瞰図

▲848
比叡山
琵琶湖
京都市
平安京
山科区
京都
近鉄京都線
宇治市
城陽市
井手町
八幡市
新田辺
木津川
京田辺
奈良線
木津川市
枚方市
京田辺市
京奈和自動車道
木津
元正天皇陵
交野市
交野市
精華町
成務天皇陵
学研奈良登美ケ丘
神功皇后陵
平城
秋篠寺
法華寺
私市
近鉄けいはんな線
長弓寺
唐招提寺
西大寺
大和西大寺
薬師寺
近鉄奈良線
安康天皇陵
西ノ京
垂仁天皇陵
長福寺
生駒
霊山寺
郡山城跡
近鉄郡山
東大阪市
生駒山
642▲
生駒ケーブル
宝山寺
第二阪奈道路
大和郡山市
富雄川
矢田寺
慈光院
大和小泉
生駒市
法起寺
法輪寺
近鉄生駒線
中宮寺
法隆寺
斑鳩
法隆寺
信貴生駒スカイライン
平群町
斑鳩町
法隆寺IC
新王子
王寺
王寺
八尾市
信貴山
▲437
三郷町
朝護孫子寺
和歌山線
王寺町
西信貴ケーブル
信貴山口
上牧町
香芝IC
香芝
香芝市
安堂
柏原市
関西本線
西名阪自動車道
近鉄大阪線
柏原
石光寺
二上山
▲517

――いいですか。今、私たちが立っているのは、平城京の東の壁にあたります。つまり、平城京を東から西へと眺望しているわけです。正面になる西に高い山が見えますよね。テレビ塔がいっぱい立っている山、あれが生駒山で、西の壁だと考えて下さいね。つまり、平城京には東の壁と西の壁があるわけで、これはそれぞれ若草山・春日山と生駒山にあたるわけです。それも、大和の青垣の一つです。青垣すなわち青い垣根です。つまり、万葉びとは、盆地の四方を山が守ってくれていると考えていた。だから、奈良を旅する時は、若草山・春日山の東の青垣と、生駒山の西の青垣の山のかたちを、まず初めに覚えて下さい。そうすると、東西の軸がわかりますから、地図を見ても方角を誤りません。これで道に迷わなくなります。そして、大極殿《だいごくでん》の正殿が、私の指の先にあります。皆さん確認できましたか。あれが奈良時代の「皇居」すなわち「平城宮」です。私がさっき言った偉大なる空洞です。ここから見える北側地域の大部分を平城京と考えてよいでしょう。平城宮が皇居なら、平城京は東京都に当たります。

こう説明したあと、見える範囲の寺々を説明してゆくというのが上野流の奈良案内だ。そして、説明を聞いたら目を瞑って平城京のことを想起してほしい、と私はお願いしている。

平城京と平城宮

和銅三年（七一〇）に、奈良盆地の北辺に、新しい都が定められた。それが、平城京である。元明天皇が定めた巨大な方形の街である。南北四・八キロ、東西四・三キロの方形の都だが、東に、南北約二・七キロ、東西約一・六キロの張り出しが付いている。この東の張り出しは、今日外京《げきょう》と呼ばれている。都が山背国《やましろ》に遷った七八四年以降、この外京の興福寺・元興寺と、さらに外側の東大寺を中心として奈良の街は発展した歴史があるため、今日の奈良の市街地は外京地域を中心に形成されているのである。

整然と東西南北に伸びる直線道路。計画的に配置された寺院と市。その都の政治的中心地は、なんといっても、平城京の北辺に位置する平城宮である。平城宮の南の大門である朱雀門《すざくもん》。朱雀門から南に伸びる朱雀大路は、幅七十四メートル。平城京の南の大門である羅城門《らじょうもん》まで約三・七キロのメイン・ストリートである。

では、平城宮は、なぜ偉大なる空洞になってしまったのだろうか。それは、宮の建物が解体されて、長岡京、平安京に移転してしまったからである。木造建築物というものは、極言すれば解体移築を前提とした建築物である（だから、第二章に述べるように、明日香の時代までは遷都も容易だった）。つまり、天皇とともに建物群も移動するのである。マルクスが言ったように、アジアの都市は「王侯」の宿営地としての性格があり、王侯の移動とともに、少なくとも奈良時代までは移動したのである（カール・マルクス『資本主義的生産に先行する諸形態』手島正毅訳、大月書店、一九六三年）。それが、平安京の時代ともなれば、都市そのものが自律的に発展し、自治が行われるようになるので、少なくとも遷都とともに街自身が移動するということはなくなってい

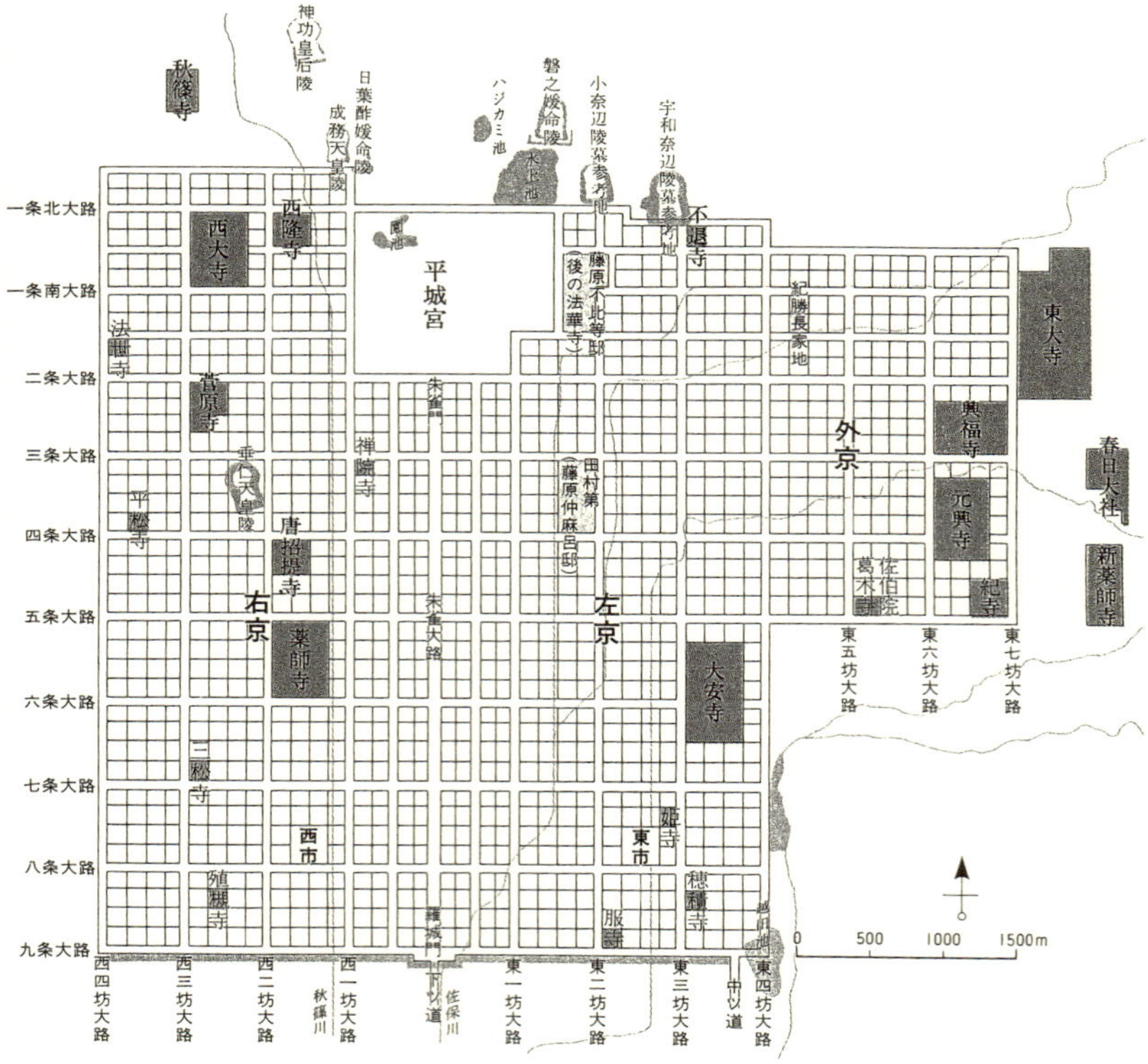

平城京の条坊（『平城京再現』奈良文化財研究所より）

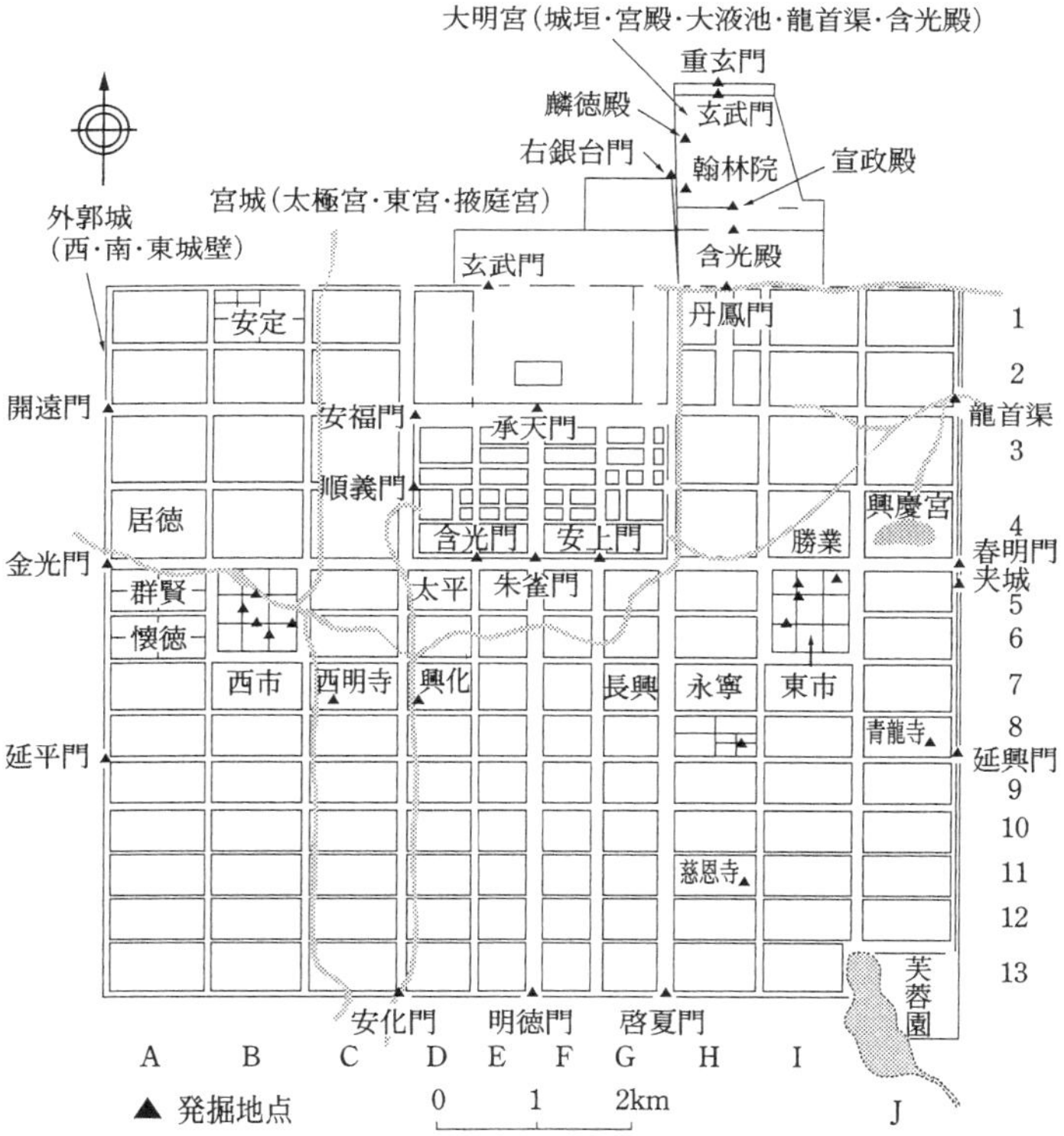

隋唐長安城考古発掘図（妹尾達彦『長安の都計画』講談社より）

った。だから、天皇の居所が東京に移っても、京都は京都なのである。

天皇の居所が山背へ遷ったのち、奈良は、北方の山背にある「京」「京都」に対して、「南京《なんきょう》」「南都《なんと》」として、寺院群を中心に発展してきた。そして幕末になると国学と王政復古の大波のなかで、奈良の人びとは、田畑となっていたこの偉大なる空洞を、再び意識しはじめるようになった。平城宮跡の保存運動が捲き起ったのである。奈良時代の天皇の居所を顕彰しようとする人びとが、保存運動に立ち上がったのであった。それは、自分たちの祖先の生きた奈良の歴史を大切にしようとする意識に支えられていた運動であったといえよう。今日保存運動は、二十世紀後半から大きく発展した建築史学と考古学の力によって、ようやく平城宮の建物群の復元という段階に至ったのである。朱雀門と大極殿の復元は、幕末以降、二百年に及ぶこの街の人びとの夢を実現させる大事業になった。と同時に、それは街の発展を阻害し続ける偉大なる空洞を温存するという苦渋の決断を市民たちがしたことを意味する。

では、奈良の人びとはどうしてこの不便な空洞を残そうとしたのか？　おそらく、それはこの空洞がなくなってしまうと、奈良が奈良でなくなってしまうと感じたのであろう。この空洞は、奈良の存在証明なのである。平城宮跡にビルが建ってしまえば、自分たちの奈良はもはや奈良ではなくなると考えた、いや考え抜いた……結果なのである。

平城宮の内側

平城宮は、平城京の北辺にあたる天皇の居所であり、政治および官僚組織の中心地であると同時に、朝賀や大嘗祭《だいじょうさい》などの国家的儀式を行う場であった。その中心は、高御座《たかみくら》と呼ばれる天皇の座のある大極殿にあった。「大極」とは、宇宙の中心と考えられている北極星を意味し、天皇の高御座のあるこの建物こそ、世界の中心をシンボライズする建物であった。その前に広がるのが朝堂院で、左右には役所が並び、真ん中は広場となっている。いわば、朝堂院は、大極殿の南庭なのである。お正月の儀礼である「朝賀」では、ここに文武百官の臣下が整列して、天皇に拝礼を行うのである（映画「ラストエンペラー」の最初のシーンを思い出してほしい）。大極殿という名の示す通り、天皇は北極を象徴するので、平城宮でも北に位置するのであり、天皇は南面して、臣下の拝礼を受けることになり、臣下は北面する。平城京において、平城宮がその北辺に位置しているのも、天子南面、臣下北面の考え方によることは明白である。したがって、北から南へ、大極殿→朝堂院→朱雀門→朱雀大路→羅城門（平城京の南の大門）と一直線に並ぶのは、一つの空間構成原理に基づいているのである。大げさにいえば、天皇と官僚を中心とした律令国家の理想を表象するのである。この空間構成の原理は、唐の長安城に学んだのであり、七世紀後半から八世紀のアジアの各都市が手本としたモデルであった。なお、奈良時代の後半には、大極殿が西に遷ることになる。ただし、天皇の日常の住まいである内裏の場所は、動くことはなかっ

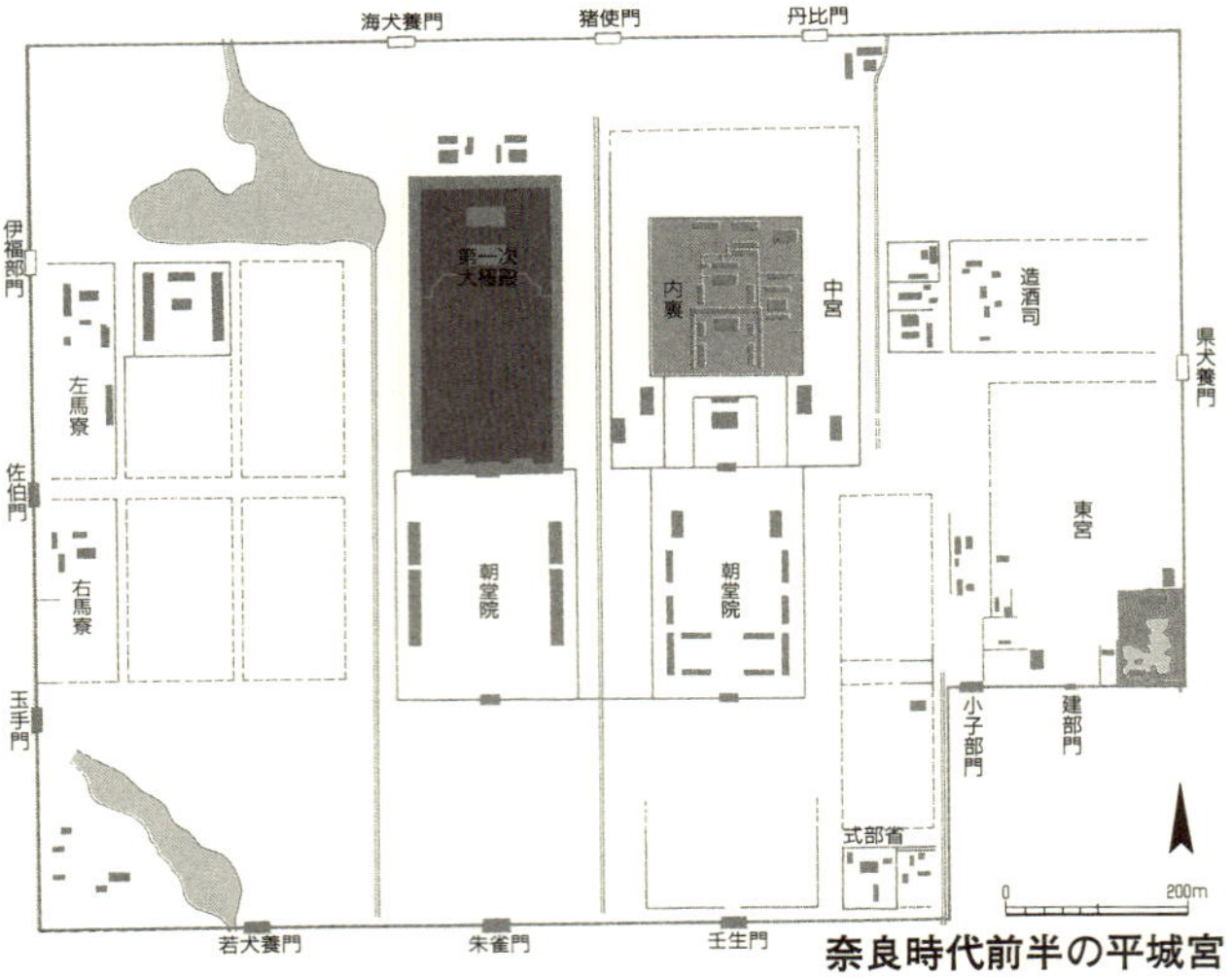

奈良時代前半の平城宮

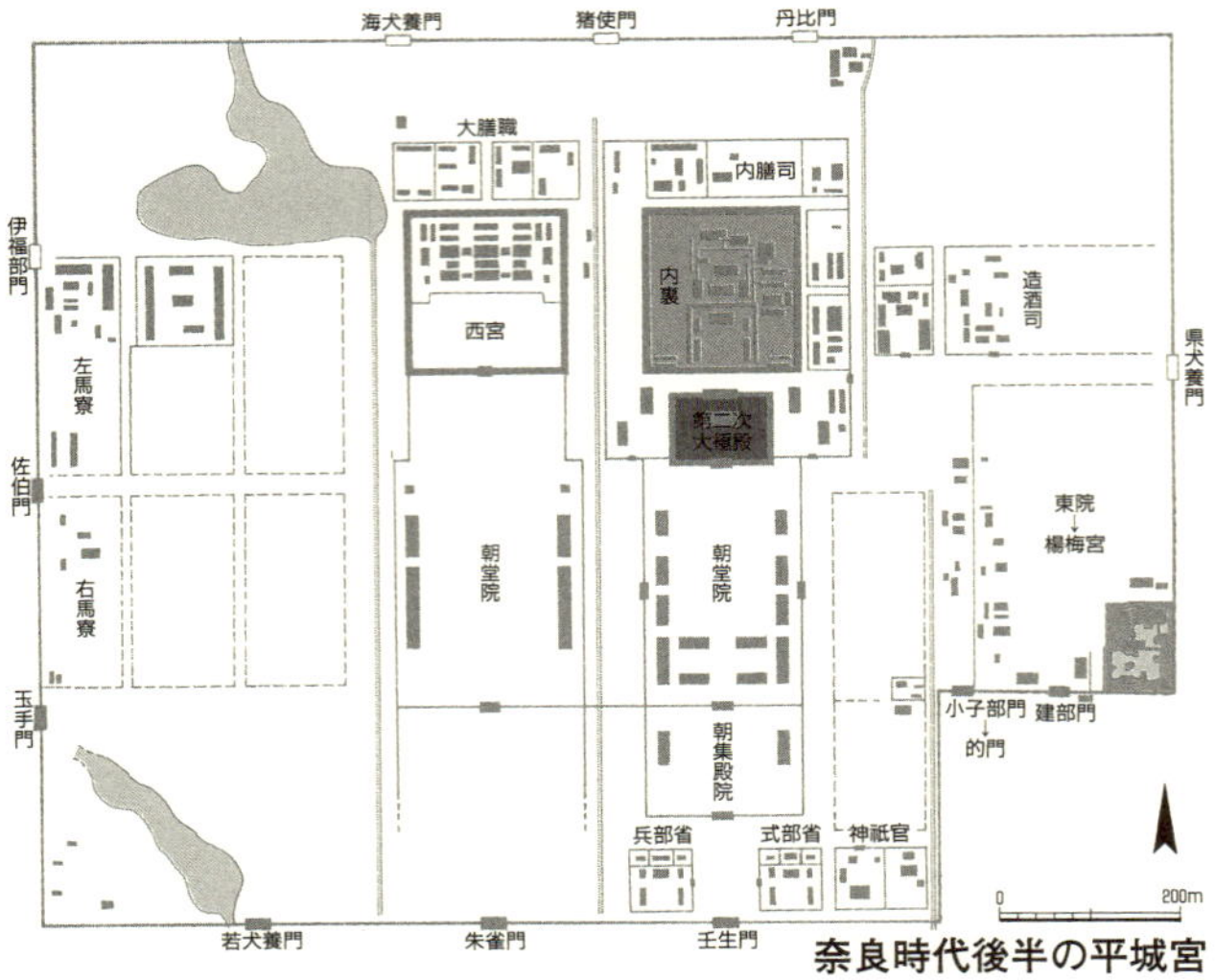

奈良時代後半の平城宮

（パンフレット「特別史跡　平城京跡」奈良文化財研究所より）

た。つまり、平城宮があっての平城京であり、興福寺・薬師寺・東大寺は、その平城京のそれぞれの地に配置された寺であったと考えてよいのである。

今日に平城京の時代を伝える寺院群

縷々《るる》述べたように、平城京の中心は、平城宮と朱雀大路である。そして、京内には、各寺院が配置された。ただ、これらの寺院群は寺院とはいっても、官寺すなわち国家が経営する寺院である。さらに、官寺は、寺院とはいっても、学問所であり、今日でいえば国立大学に当たるといえよう。もちろん、興福寺や唐招提寺には私寺としての性格もあるが、平城京の京内に建立されるということそのものが、官寺としての役割を担った寺院であると考えるべきであろう。したがって、大学であった寺院には、「長屋」と呼ばれるいわゆる学生寮もあった。各寺院には、それぞれに得意な研究分野があり、寺院ごとに学派を形成した。東大寺は華厳経の経典研究を中心とした学派を形成したし、薬師寺や興福寺は法相教学の学派を形成したのである。これは、今日の「宗派」とは、まったく異なるものであり、僧侶はそれぞれの寺院に赴いて、それぞれの学派の師から自由に学ぶことができた。この気風というものは、今日にも受け継がれていて、南都の僧侶は、宗派に関係なく互いに学びあう気風がある。

その中でも、南都の寺院の諸学派を統合する位置にあったのが、大官大寺すなわち後の大安寺である。大安寺は、唐からやって来た学僧の宿舎ともなり、多くの経典を有する学術交流研究センターとして機能していた寺院である（蔵中しのぶ『奈良朝漢詩文の比較文学的研究』翰林書房、二〇〇三年）。大安寺を筆頭として薬師寺・興福寺・元興寺などの寺院は明日香や藤原の都から移転して来た寺院であり、聖武天皇の時代に唐招提寺と東大寺、さらに称徳天皇の時代に西大寺が加わるかたちで、平城京時代の終わりには、仏教研究学園都市としての機能を有するに至った。これらの寺院群が、いわゆる「南都七大寺」である。よくいわれるのは、平安京への遷都は、平城京内の寺院勢力を排除するためであったといわれるが、それは一面的な説明に過ぎない。なぜならば、平安時代においても、寺院勢力は大きく、国家権力と結びついて存在していたからである。むしろ、平安遷都後の奈良は、仏教研究の学園都市として寺院群が残されていた、と考えるほうがより実態に近いと思われる。平安時代になると、仏教勢力の中心は比叡山や教王護国寺に移るが、それでも南都七大寺は、仏教研究すなわち教学や授戒の面においては、その中心であり続けた。

　平安遷都後、奈良は、南都七大寺を中心とする仏教に関する学園都市として永く機能し続けたのである。その学園都市のシンボルが、東大寺の盧遮那大仏《るしゃなだいぶつ》すなわち「奈良の大仏さん」である。その大仏さんも、何度も焼き打ちなどの被災にあったのだが、戦乱が収まると、時々の政権は、まず大仏の復興を行ったのである。それは、大仏の復興に、各政権の「威信」がかけられていたからである。つまり、仏教の学園都市である奈良を疲弊させているような政権は、その文化的程度が低いとみなされたのであり、鎌倉幕府の源頼朝政権、徳川幕府の徳川綱吉政権は、大仏と大仏殿をシンボルとする奈良の復興に巨額の財を費やして、時代の最先端をゆく建築や仏像様式をもって、奈良を復興したのであった。前近代の社会では学問というものは、仏教がその中心であったから、学者になるということは、僧侶になるということであった。そして、今現在、南都の七大寺は、偉大なる空洞を取り囲むように存在し、平城京時代のおもかげを、現在に伝えているのである。平城京の時代の仏たちも、鎌倉時代の仏たちも、奈良では現役であり、人びとの祈りの対象となっている。そこで、私なりの各寺院のみどころを掲げておこう。あくまでも、私的なメモとして。

大安寺　前述。今日、その寺域は小さくなっているが、落ち着いた風情の寺であり、ここにやって来た僧・菩提僊那《ぼだいせんな》のことを思い出しながら境内を散策してほしい（第八章）。

薬師寺　薬師寺で私が見てほしいのは、復興された伽藍の景観である。われわれは、奈良時代の寺院が朱塗りの華やかな建物群であったことをつい忘れてしまっているからだ。そういう目で、白鳳伽藍の東塔と一九八一年に再建された西塔を見比べてほしい。平城京の時代の人なら、東塔の方に違和感を持つだろう。私は薬師像を見るたびに次のことを思う。ほんとうに人を救うことができるのは、こういう自らに対する自信と安らぎが満ちあふれた顔をもった人物であるだろう、と。

興福寺　興福寺は藤原氏の氏寺であり、鎌倉時代においては大和一国を差配した寺院である。私は興福寺の南大門跡を通って、猿沢池に降りてほしいと思う。猿沢池は、南大門の前の放生の池だからであり、かつての規模を知ることができるからである。そして、猿沢池越しに五重塔を

薬師寺（撮影・新潮社写真部）

見てほしい。これが、奈良八景の第一である。阿修羅《あしゅら》像は、不安に揺れる少年の心の刹那を切り取り、無著《むちゃく》・世親《せしん》の像は、老いることによってしか得ることができない人生の深みを表現していると思う。

東大寺　聖武天皇と光明皇后は、この寺院の建立にその後半生を賭けたといっても過言ではない。私が、東大寺で行ってほしいのは二月堂である。それも、お水取りの時の声明を聴いてほしい。奈良に平城京の時代から伝わっている祭りがあることを知ってほしいからである。私は、この声明にあらゆる宗教の根柢に共有されている何かを感じる。そして、やはり大仏だ。日本という海東の小国が、世界をめざしたのは、この仏を造ることから始まったと考えるからである。

西大寺　東大寺は「東の大寺」であるのに対して、「西の大寺」が西大寺である。この寺院こそ鎌倉時代の南都の復興の中心となった寺院であり、唐招提寺とともに〝律の文化〟を今日に伝える寺院であるといえよう。かのたたずまいは、己を律した者の境地を表しているように見える。大和西大寺駅から南にゆく商店街の続きに、土塀が続いているのだが、その風情を見ると、庶民の世界に入った仏教の一つのありようを感じることができる。おごりもたかぶりもなく、街になじんでいるからだ。

元興寺　第三章

唐招提寺　第八章

復元された第一次朝堂院大極殿正殿（撮影・新潮社写真部）

平城宮保存運動の高まり

幕末以降、何も建造物の残っていない平城宮の保存運動が始まるのは、都の中心地を保存したいという熱い思いに源があったということはすでに述べた。では、なぜそういう意識を奈良の人びとは持つようになったのだろうか。宮外の寺院群は残っているのに、その宮の地になにもないということが、急に認識されはじめたからである。おそらく、保存運動の背後には明治の人びとの、国家に強い求心力を求める思想があったことは間違いない。

今年（二〇一〇）、平城宮第一次大極殿正殿が完成する。百年後の二一一〇年の平城遷都千四百年の時、人びとはどんなまなざしで、この偉大なる空洞を眺めているのだろうか。

では、本書では、主にどのような資料を用いて平城京を語るのか。本書では、『万葉集』という八世紀後半に成立した歌集に収められている歌を主たる資料として、平城京とその時代について語ってみたいと思う。最初に語り出すのは、道と都についてである。

第一章　「ミチ」「ミヤ」「ミヤコ」

万葉歌から何をどう読み取るのか？

かつて、自著で私は、平城京に住む万葉びとにとって、

大極殿は、国会議事堂
朝堂院は、霞が関の官庁街
朱雀門は、皇居前広場
佐紀・佐保は、高級住宅地
春日野は、休日を楽しむ行楽地
男と女が出会う歌垣《うたがき》の場は、大阪難波の引っ掛け橋
そして古都である飛鳥は、永遠のふるさと……

（『万葉びとの生活空間―歌・庭園・くらし―』二〇〇〇年、塙書房）

と述べたことがある。すると、「大阪難波の引っ掛け橋は、東京では渋谷にあたりますか？」とある読者の方から質問を受けたことがあった。今ならどこか。今なら、お台場か？　下世話な言い方となるが、万葉びとが道で「ナンパ」「ヒッカケ」をしていたことは、間違いない。次の歌々の例がある。（以下、下段の現代語訳はすべて筆者による）

うちひさす　　（うちひさす）
宮道《みやぢ》に逢ひし　　都大路で逢った
人妻故《ゆゑ》に　　あの人妻のせいか
玉の緒《を》の　　（玉の緒の）
思ひ乱れて　　思いは乱れて
寝《ぬ》る夜《よ》しそ多き　　ひとり寝る夜が多い……（はぁー）

（巻十一の二三六五）

都大路で出逢った人妻が忘れられず、夜も眠れないという歌もあるのである。今日においても同じなのであるが、道というものは、晴れの日には広場にもなり得る場所であり、それは劇場ともなり得るものであった。天平六年（七三四）二月一日、朱雀門で歌垣が行われた。歌垣とは、男女が歌を掛け合って、配偶者を見つける祝祭である。この時は、聖武天皇臨席の下、みやびのある男女二百四十名以上が参加。難波曲《なにわぶり》などの曲に合わせて、参集者は歓楽をきわめた、と『続日本紀』には書いてある。おそらく、男女が隊列を組んで、歌を唱和して、左右交互に入れ替わるような今日のマスゲームのようなものだったと推測される。風流な男女は、時代の先端をゆく華やかな衣装を身に纏って、歌を掛けあったことであろう。道はヒト・モノ・カネを結びつけるものである。そして、時には、市場ともなり、劇場ともなる。だから、そこには恋の花も咲いた。朱雀大路は道であるとともに広場として見なくてはならないのである。

玉桙《たまほこ》の
道行かずしあらば
ねもころの
かかる恋には
あはざらましを

（玉桙の）
あの道さえ行かなかったら……
無我夢中の
——こんな恋には
出逢わなかったものを（つらい！）
（巻十一の二三九三）

道で出逢った人との、人生を狂わせるほどの恋、この二人にはいったいどんな物語があったのだろうか、と私はつい夢想してしまう。

玉桙《たまほこ》の
道に行き逢ひて

（玉桙の）
道で出逢って

外目《よそめ》にも
見れば良き児《こ》を
何時《いつ》とか待たむ

遠目でさえも
見ればいとおしいあの娘に
いつ逢えると待てばよいのか（なんと！）

（巻十二の二九四六）

遠目にもよい美女とは、いったいどんな美女なのか。近くで見れば、胸の高鳴るほどの美女なのだろう。あの女性に、もう一度逢いたいと歌っているのである。つまり、道で声をかけるということについては、あたりまえといえばあたりまえだが……今も昔も変わらないのである。古都・奈良の道は、その多くが、平城京の条坊すなわちその町割りに起源を持つ。簡単にいうと、七一〇年にできた平城京の道路を今も生活道路として使用しているのである。奈良の街、ことに東大寺の西には古い土塀が多いのだが、その塀に、街路樹の柳の影が夕方になると映える。風情のあるそれを見ていると、私はふとこの道で、いったいどれほどの男女が出逢ったのだろうと考えてしまう。

平城京に生きる者の自負

それでは、平城京に住む人びとは、何を自分たちの住む都の代表的な「景」として想起していたのか？　それを知る手がかりが、『万葉集』の巻十五にある。熱烈な恋歌で知られる中臣宅守《なかとみのやかもり》と、狭野弟上娘子《さののおとがみのおとめ》の贈答歌である（三七二三〜三七八五）。罪を得て、越前（現在の福井県）に流される途中に宅守が娘子に贈った歌に、次のような歌がある。配流の時期については明確ではないが、天平十年（七三八）前後のことだと現在の研究では考えられている。

あをによし
奈良の大路《おほち》は
行き良《よ》けど
この山道は
行き悪《あ》しかりけり

（あをによし）
奈良の大路は
歩きやすいけれど……
この山道は
行きづらい――

（巻十五の三七二八）

宅守は、奈良の都大路は歩きやすいけれど、この山道は歩きにくい、と娘子に訴えている。つまり、奈良の都の大路が、狭隘《きょうあい》な山道に対比されているのである。おそらく、望郷の念にかられた宅守の脳裏にあったのは、整然と東西南北に延びる平城京内の直線道路だったのであろう。地方の官道が整備されていった時代とはいえ、それは都以外には存在し得ない光景だったからである。だからこそ、流罪となった宅守が望郷の思いのなかで、都大路を想起したのであろう。朱雀大路の幅は約七十四メートル、普通の大路でも約二十四メートルもの道幅があり、これが都を代表する景観として、イメージされたのである。やはり、道こそ街の顔なのだ。平城京のメイン・

平城京、朱雀門。1998年に復元された。（写真提供・奈良市観光協会）

ストリートは、朱雀大路なのである。

流行の先端をゆく道

さて、もう一人、遠く鄙《ひな》の地にあって、望郷の思いから都大路に思いを馳せた人物がいた。大《おお》伴家持《とものやかもち》である。国司として越中に赴任していた家持は、天平勝宝二年（七五〇）の春三月に、次のような歌を残している。

二日に柳黛《りうたい》を攀《よ》ぢて京師《みやこ》を思ふ歌一首

春の日に
萌《は》れる柳を
取り持ちて
見れば都の
大路《おほち》し思ほゆ

春の日に
芽吹いた柳を
手に取り持って……
見ると都の
大路のことが思い出される――

（巻十九の四一四二）

「柳黛」とは、柳の葉を眉に見立てた言い方で、柳の葉を引っ張って奈良の都に思いをはせた歌ということになる。春の日に芽吹いた柳を持って、それを見ていると都大路のことが思われる、と家持は歌っている。遠く越中にあって、彼は柳を手にとって、都大路を偲んだのであった。なぜならば、都大路には柳が街路樹として植えられていたからである。と同時に、柳の眉は、当時の描き眉を意味しているので、流行の先端をゆく眉を、家持は想起しているに違いない。今も昔も、眉の太さは時々に変わり、時代の流行を反映するものだ。ために、遠く越中で見た柳が、都大路を連想させたのであろう。もちろん、家持は、その大路を歩く美男美女にも、思いを馳せていたことであろう。それは、越中に赴任して迎える四度目の春のことであった。

平成十年（一九九八）に復元された朱雀門に立って、南面すれば当時の朱雀大路の景観を実感することができる。そして、平成二十二年（二〇一〇）、その正面に平城宮大極殿正殿が復元される。ここが、平城の宮なのだ。平城京生活者にとって、都を思い出させる景観として想起された都大路。それは、紛れもなく「万葉びと」の生活空間の一部であったし、そこには男と女の出逢いもあった。

さて、先ほど見た中臣宅守と狭野弟上娘子の贈答歌のなかに、次のような歌もある。

君が行く
道の長手《ながて》を
繰《く》り畳《たた》ね
焼き滅ぼさむ

あなたの行く
長い長いその道のりを
手繰り寄せ、そして重ねて……
焼き滅ぼしてくれるような

天《あめ》の火もがも　　天の火が欲しい！

（巻十五の三七二四）

狭野弟上娘子は、あなたが行く長い道中を、手繰りよせて畳んでしまい、焼き滅ぼしてしまう天の火が欲しい、と宅守に歌を贈っている。これは、二人を隔てる物理的、時間的距離をなくしたい、ということを歌っているのである。つまり、歌を交わすことによって心的距離をなくしているともいえるだろう。物理的、時間的距離を無化させる歌の力のようなものを、私はこの歌に感じる。

もちろん、この贈答歌が、あとから何らかの歴史的事実に基づいて作られた虚構の歌で、実際にやりとりされたものではない、という可能性もあるのだが、そうであるならば、なおさらのこと、この歌の表現が多くの人びとの共感を前提として作られている証拠ともなるであろう。

「ミヤ」と「ミヤコ」

さて、私がここまで話した平城宮は「奈良の宮（ミヤ）」、平城京は「奈良の都（ミヤコ）」ということになるが、ここで「ミヤ」と「ミヤコ」というヤマト言葉についての説明をしておかなくてはなるまい。

建物のことを日本語では「ヤ」というが、それは現代語も古代の言葉も同じである。「小屋」

「八百屋」「我が家」の「ヤ」である。その「ヤ」に「ミ」を冠した言葉が「ミヤ」で、「ミヤ」という名詞は、建物を表す「ヤ」に、尊敬の接頭語「ミ」がついたかたちということになる。では、尊敬される者とは誰か？　それは神か、天皇である。「ミヤ」のあるじは、神や天皇ということになる。したがって、神や天皇・皇族の住まいを「ミヤ」というのである。ここから、天皇の住まいになっている宮殿も、神のいます神殿も、「ミヤ」と呼ぶのである。

また、「ミヤ」に、場所を表す「コ」という接尾語を付けた言葉もある。それが「ミヤコ」である。つまり、「ミヤコ」とは「ミヤ」のある場所とか、「ミヤ」の周辺を示す言葉なのである。したがって、「ミヤコ」という言葉は、本来、天皇がいる場所を示す言葉だったと考えてよい。こういった本来的な「ミヤコ」という言葉の使い方を、現在に伝えてくれている歌が、巻一に残っている。

額田王《ぬかたのおほきみ》の歌〔未詳〕

秋の野の
み草刈《か》り葺《ふ》き
宿れりし
宇治《うぢ》のみやこの
仮廬《かりいほ》し思ほゆ
〈左注省略〉
（巻一の七）

秋の野の
萱草を刈って屋根を葺き
宿とした
宇治のみやこの
仮の庵のことが思い出される

この歌は、かつて天皇が旅をした宇治の地の宿のことを、後の時代に思い出して作った歌である。私が今、注目したいのは、まず宇治での天皇の宿舎が「茅葺《かやぶき》」の「仮廬《かりいほ》」(「カリホ」とも)だった、と歌っていることである。「仮廬」というのは、読んで字のごとく仮に作った小屋で、常の住まいとする建物ではない。旅や農作業において宿るところがない場合に、仮寝のために臨時に作る建物をいう言葉である(一〇八頁)。

したがって、臨時の仮宮であっても、天皇が宿泊すれば、「宇治のみやこ」という言い方をするのである。つまり、天皇が旅をして泊まれば、その地は「ミヤコ」になるわけである。古代の天皇は、とにかくよく住むところを変えたし、またよく旅をした。

「ミヤ」と天皇との深い関わり

天皇が御代がわりすると、新しい宮を建てるので、「ミヤ」と「ミヤコ」は次々に遷り変わるのである。これを、歴史学では「一代一宮制《いちだいいちぐうせい》」と称することがある。

したがって、『古事記』や『日本書紀』を読むと、天皇が行った仕事すなわち事績の第一番目に、「ミヤ」についての記述がなされるのである。『古事記』では、天皇について記述する場合、名前の次に、どこのどのような「ミヤ」にいて政治をしたのか、どういう宮を作ったのか、ということを記すきまりになっていた。これは『古事記』の基礎資料になったと思われるいわゆる

「帝紀《ていき》」にも、天皇と「ミヤ」との関係が記載されていたからだ、と考えられる。『古事記』中巻から、三人の天皇について記した部分の冒頭を、ここに掲げてみよう。

御真木入日子印恵命《みまきいりひこいにゑのみこと》、師木《しき》の水垣《みづかき》の宮に坐《いま》して、天《あめ》の下治《したし》らしめしき。（崇神天皇条、冒頭）

伊久米伊理毘古伊佐知命《いくめいりびこいさちのみこと》、師木《しき》の玉垣宮《たまがきのみや》に坐《いま》して、天《あめ》の下治《したし》らしめしき。（垂仁天皇条、冒頭）

大帯日子淤斯呂和気天皇《おほたらしひこおしろわけのすめらみこと》、纏向《まきむく》の日代宮《ひしろのみや》に坐《いま》して、天《あめ》の下治《したし》らしめしき。（景行天皇条、冒頭）

とある。名前の次に、まずどこの「ミヤ」で天下を治めたのか、ということが記されるのである。なお、これらの宮の跡と伝えられる場所は、奈良県桜井市にある。ちなみに、『古事記』に記された最後の天皇である推古天皇についても、記述はほぼ同様である。

妹《いも》、豊御食炊屋比売命《とよみけかしきやひめのみこと》、小治田宮《をはりだのみや》に坐《いま》して、天《あめ》の下治《したし》らしめすこと卅七歳《みそとせあまりななとせ》。（推古天皇条、冒頭）

※この部分の引用については、すべて中村啓信訳注『新版　古事記（現代語訳付き）』（角川学芸出版、二〇〇九年）による。

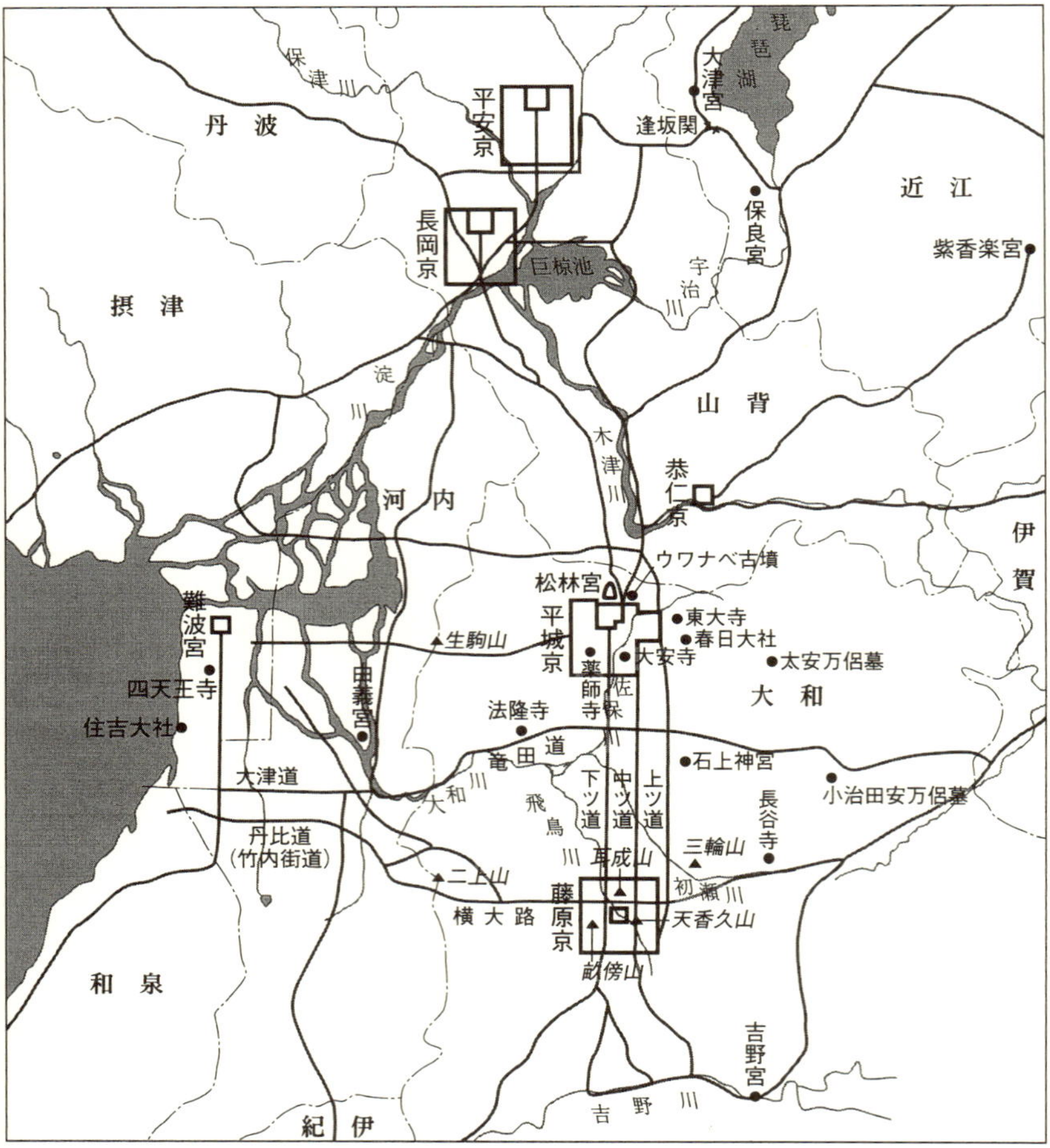

転々とする都（カッコ内は遷都の年。奈良文化財研究所）
藤原京（694）— 平城京（710）— 恭仁京（740）— 難波宮（744）—
紫香楽宮（745）— 平城京（745）— 長岡京（784）— 平安京（794）

つまり、天皇は名前とともに、「ミヤ」によって讃えられるのである。つまり、「ミヤ」の場所を決定するのは天皇であるから、第二章において述べるように、「遷都」の決定は天皇だけができるのである。

以上のような観点でみてゆくと、万葉歌にも、天皇が「ミヤ」を建てたことを讃える表現が多くあることに気付く。その一つを柿本人麻呂の歌から、一部分紹介しておこう。

吉野宮《よしののみや》に幸《いでま》せる時に、柿本朝臣人麻呂《かきのもとのあそみひとまろ》が作る歌

やすみしし　我が大君《おほきみ》の
聞こし食《を》す　天《あめ》の下に
国はしも　さはにあれども
山川の　清き河内《かふち》と
御心《みこころ》を　吉野の国の
花散《はなぢ》らふ　秋津の野辺《のへ》に
宮柱《みやばしら》　太敷《ふとし》きませば
ももしきの　大宮人《おほみやひと》は
船並《ふねな》めて　朝川渡り
船競《ふなぎほ》ひ　夕川渡る

（やすみしし）　わが大君の――
お治めになる　天下のうちにあっても
国は　たくさんあるのだけれども……
山川も　清らかな河内として
（大君が）御心を寄せた　吉野の国
（その吉野にあっても）ゆたかなる　秋津の野辺に
宮柱を　しっかりお建てになると――
（ももしきの）　大宮人たちは
――船を並べて　朝川を渡り
――船を競って　夕川を渡る

この川の　絶ゆることなく
この山の　いや高知らす
みなそそく　滝のみやこは
見れど飽かぬかも

この川のように　絶えることなく
この山のように（聳ゆるごとく）お作りになった
水の流れ速き　滝のみやこは
見ても見ても　見飽きることなどあろうはずもない

（巻一の三六）

〈反歌省略〉

持統天皇の吉野行幸につきしたがった柿本人麻呂は、まずこの地に天皇が離宮を建てた、というところから歌いはじめる。「ミヤ」の場所が選ばれた理由を述べたあと、「宮柱をしっかりお建てになった」と歌っているのである。建物のシンボルである柱。それをしっかりと建てたと歌えば、天皇のことを誉めることになるのである。そして、もう一つ見逃してはならないことがある。人麻呂は、吉野の「秋津の野辺に」離宮が建てられたことを述べたあと、その地を「みなそそく滝のみやこ」すなわち「水の流れ速き　滝のみやこ」と歌っているのである。

「宮域」と「京域」

さて、この「ミヤコ」の整備が急速に進む時代がやって来る。それは、平城京の前の藤原京の時代（六九四―七一〇）である。「ミヤ」の周りの「ミヤコ」に、東西道路と南北道路とが整備され、土地が区画されてくるからである。いわゆる「条坊制」である。「ミヤコ」には碁盤の目の

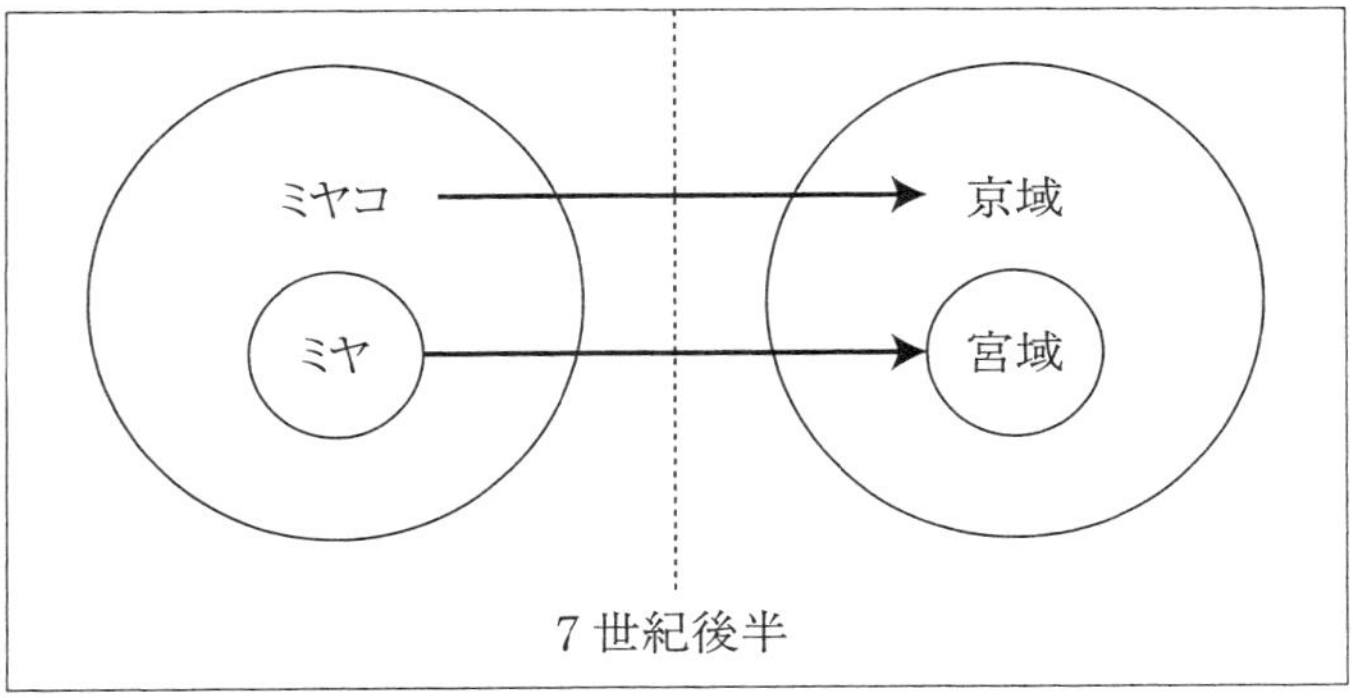

ミヤとミヤコの概念図
（上野誠『ＮＨＫこころをよむ 万葉びとの対話』日本放送出版協会）

ように道が引かれ、土地は四角く区画整理されてゆくのである。これが、いわゆる行政区画としての京《きょう》である。京がいつ形成されたのかという点については、歴史学や考古学においても論争があり、いまだ決着をみないが、かりに通称「藤原京」が日本で最初にできた「京」だとすれば、西暦六九四年前後ということになる。西暦七〇一年に制定された大宝律令には、京の規定があるので、どんなに遅くとも七世紀末には、東京都のような行政区画としての「京」が形成され、その地域は一つの独立した行政区となっていたはずである。

ちなみに、京の内外の境を、京極《きょうごく》という。西は西京極、東は東京極である。南は南京極であるが、京の果てを表すヤマト言葉は「きょうばて」である。奈良市には、「京終」と書いて「きょうばて」というＪＲの駅がある。奈良市の「京終」は、南京極そのものを示す地にはないが、それでも外京の南京極にはきわめて近いところにある。まさに、平城京の果てなのである。それらの京極の内側が、「京域」ということになる。

ミ　ヤ――天皇の住む建物――藤原京・平城京の「宮域」にあたる
ミヤコ――ミヤのある場所――藤原京・平城京の「京域」にあたる

これは、古代のミヤコに共通する構造であるし、平安京にも共通する構造でもある。これを示したのが、前頁のミヤとミヤコの概念図である。

万葉の都は、天皇のいるところという意味であり、近代の「首都」とはまったく違うと考えなくてはならないのである。したがって、奈良に都があった奈良時代においても、都は時々動いていることに注意をしなくてはならない。第二章では、「遷都」に対する一つの考え方を示したいと思う。

第二章　奈良に都がやって来た！

遷都に理由などいらない

前章で述べたように、「ミヤコ」とは、天皇の住まいとその周辺を意味する言葉であり、逆にいえば天皇が住んでいるところが、「ミヤコ」ということになる。したがって、天皇がその居を遷せば、「遷都」ということになるのである。あたりまえのことだが、今の皇居が遷ってくるまで東京（江戸）は都ではなかったということになるし、京都の人はかつて京の都が千年の都であったことに誇りを持っている。ちなみに、「京」「京都」は都を示す普通名詞であった。だから「京」「京都」は、特定の土地を示す地名ではなかったのである。たとえば「采女《うねめ》の　袖吹き返す　明日香風《あすかかぜ》　みやこを遠み　いたづらに吹く」（巻一の五一）の原文は「婇女乃　袖吹反　明日香風　京都乎遠見　無用尓布久」で、「京都」を「みやこ」と訓《よ》んでいるのである。

ここまで書くと、多くの読者は、なぜ都を遷したのか、と知りたくなるだろう。たとえば、藤原京から平城京に都が遷ったのは屎尿《しにょう》の処理がうまくゆかず、都に悪臭が漂ったからだという研究者もいる。歴史の教科書では、桓武天皇が都を遷したのは、平城京の寺院勢力の力を排除するためだとか、悪疫が流行していたからだとか、その時々の政治的、社会的理由を挙げて個別に説明されることが多い。たしかに、こう個別に説明されれば、一応は説得されてしまう。が、しかし。これらの説明は、個別論としてはけっして誤りではないけれど、問題の本質をとらえた「遷都」の説明にはなっていない。

では、どのような説明をすれば、より本質をとらえた説明になるのであろうか。私なら、こう説明する。「八世紀までの都は、すべて遷都を前提に建てられており、天皇のもっとも大きな仕事こそ遷都であった」と。

つまり、簡単にいえば、寺院勢力の排除や悪疫、悪臭はなぜ遷都が行われたのかという説明理由にはならないのである。それはなぜそのタイミングで遷都が行われたかということの説明にしかならないはずである。つまり、「遷都」は、天皇のみに行使が許された大権であり、それは何人も侵すことができなかった大権なのであった。『万葉集』に、こんな歌がある。

壬申《じんしん》の年の乱の平定《しづ》まりにし以後《のち》の歌二首

大君《おほきみ》は
神にしませば
赤駒《あかごま》の
腹這《はらば》ふ田居《たゐ》を
都と成しつ

わが大君は
神であらせられるので……
赤駒が
腹まで漬かる泥田であったとしても
かの地をミヤコとしてしまったのだ――

右の一首、大将軍贈右大臣大伴卿の作

〈他一首省略〉　　　　（巻十九の四二六〇）

また、柿本人麻呂は、天智天皇が都を明日香から大津に遷したことについて、次のように述べている。

近江《あふみ》の荒れたる都に過《よき》る時に、柿本朝臣人麻呂《かきのもとのあそみひとまろ》が作る歌

玉だすき　畝傍《うねび》の山の
橿原《かしはら》の　聖《ひじり》の御代ゆ
〈或《ある》は云《い》ふ、「宮ゆ」〉
生《あ》れましし　神のことごと
つがの木の　いや継ぎ継ぎに
天《あめ》の下　知らしめししを
〈或は云ふ、「めしける」〉
天《そら》にみつ　大和《やまと》を置きて
あをによし　奈良山を越え
〈或は云ふ、
「そらみつ　大和を置き

（玉だすき）畝傍の山
（かの地に）橿原の日の御子の御代以来……
〈あるいは「宮を始めとして」〉
神としてお生まれになった日の御子のことごとくは
つがの木のように次々に
大和において天の下を治められ
〈あるいは「治めて来られた」〉
その大和を置いて
（あをによし）奈良山を越え
〈あるいは
「（そらみつ）大和を捨て

あをによし　奈良山越えて」〉
いかさまに　思ほしめせか
〈或は云ふ、「思ほしけめか」〉
天離《あまざか》る　鄙《ひな》にはあれど
石走《いはばし》る　近江の国の
楽浪《ささなみ》の　大津の宮に
天の下　知らしめしけむ
天皇《すめろき》の　神の尊《みこと》の
大宮は　ここと聞けども
大殿《おほとの》は　ここと言へども
春草の　繁く生《お》ひたる
霞立ち　春日の霧《き》れる
〈或は云ふ、
「霞立ち　春日か霧れる
夏草か　しげくなりぬる」〉
ももしきの　大宮所《おほみやどころ》
見れば悲しも
〈或は云ふ、「見ればさぶしも」〉

（あをによし）奈良山を越えて」〉
いったいどう思われたのか
〈あるいは「思われたのだろうか」〉
天から離れた鄙の地ではあるけれども
（石走る）近江の国の
（楽浪の）大津の宮で
天の下をお治めになったのであろうか
その天皇の神の命の
――大宮はここだと聞くのだけれど
――大殿はここだと言うのだけれど
春草が生い茂っている
霞立ち春の日が霞んでいる
〈あるいは
「霞が立ち　春の日が霞んでいるせいか
夏の草が　茂っているためか」〉
（ももしきの）大宮のこのあとを
見ると……悲しい
〈あるいは「見ると心が沈んでしまうのだ」〉

（巻一の二九）

壬申の乱によって、今は都ではなくなった大津の宮への思いを綴った歌である。「いかさまに思ほしめせか」とは、「どのように思われたものか」という意味で、それは天皇ならぬ人には、理解できるはずもないことである、と歌っているのである。つまり、人には計り知れない思慮として遷都がなされたことが書かれているのである。だから、遷都に理由など、いらないのである。すべては、天皇一人の決定事項だからである。歌では、これを「神わざ」として表現するのである。

天皇大権としての「遷都」

したがって、遷都をしなかった天皇は、たまたま何らかの理由で、遷都に対する大権を行使しなかったか、ないしはできなかっただけなのである。ということは、遷都の大権を行使しなかった理由を問うことの方が正しい問いなのである。ただし、藤原京以後、遷都大権を行使しにくくなったのも事実である。その理由は、律令国家の発展とともに、役所などの行政機構が巨大化し、遷都にかかる費用が莫大なものとなって、容易に都を遷すことができなくなってしまったからである。それでも、聖武天皇は、遷都をしようとした（久邇・難波・紫香楽）。聖武天皇は、逆に遷都によって、政権の求心力を回復しようと考えたのであった。しかし、この時代になると官僚機

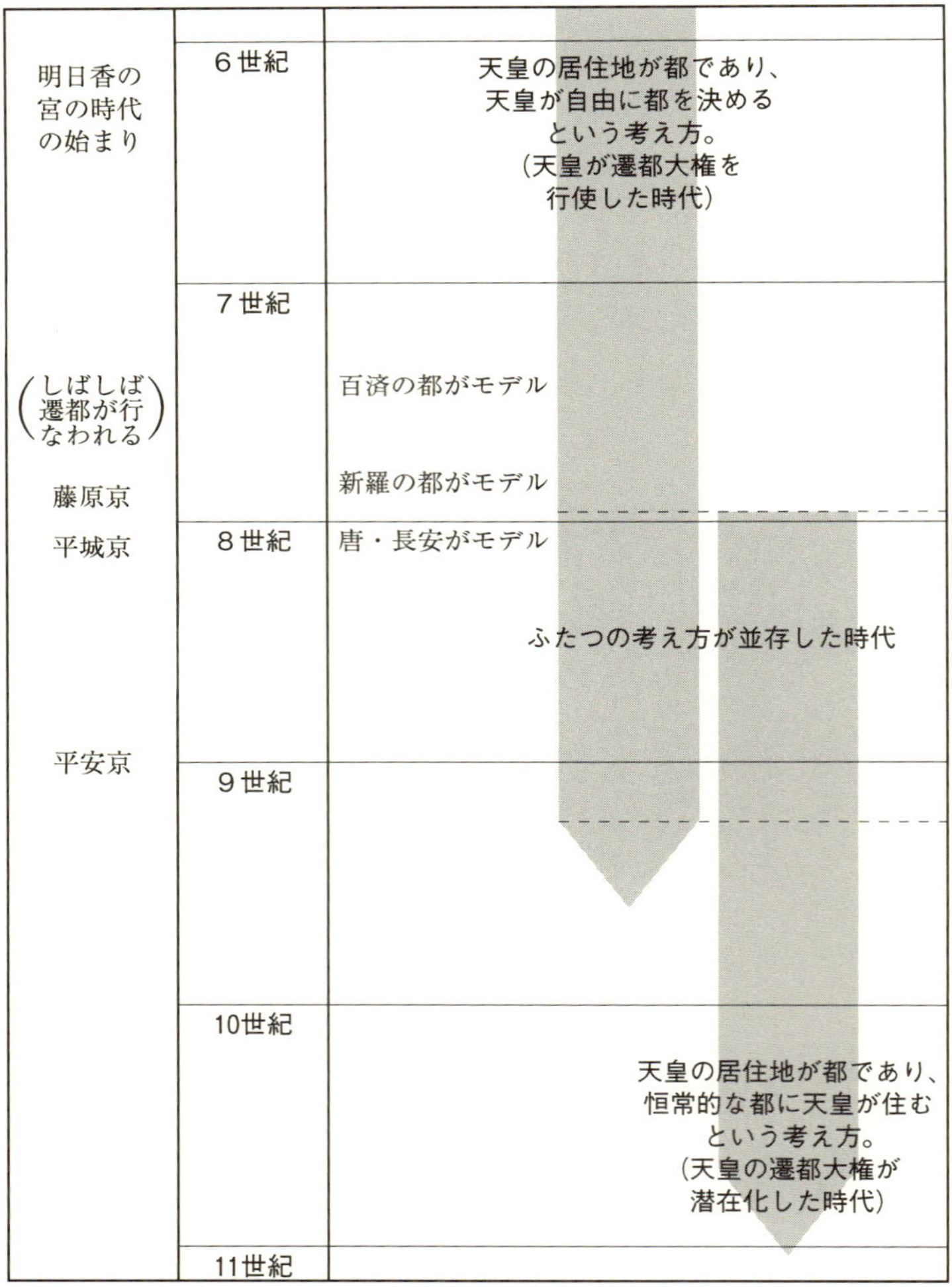
明日香の宮の時代の始まり
（しばしば遷都が行なわれる）
藤原京
平城京
平安京
6世紀
7世紀
8世紀
9世紀
10世紀
11世紀
天皇の居住地が都であり、天皇が自由に都を決めるという考え方。（天皇が遷都大権を行使した時代）
百済の都がモデル
新羅の都がモデル
唐・長安がモデル
ふたつの考え方が並存した時代
天皇の居住地が都であり、恒常的な都に天皇が住むという考え方。（天皇の遷都大権が潜在化した時代）

天皇と都をめぐる二つの考え方

構の建物群（役所）が多くなり過ぎて、都を遷すことが容易ではなく、平城京に都が戻ったと考えるべきであろう。

これは、今日「日本国憲法」が保証する内閣総理大臣の衆議院の解散権と同じ性質を持っている。首相が解散権を行使するかしないかは、首相一任の判断に任せられているのと同じことであり、その行使のタイミングを決定する大権を持つからこそ、それが時の首相の権力の源となるのである。つまり、遷都に関する大権こそ、天皇権力の根源と見なくてはならない。したがって、少なくとも平安時代以前の天皇は、自らの意思で都を遷すことができたと考えてよく、行使しなくても潜在的遷都大権を有していたと考えることができる。

しかし、行使しなくなった権利は、たとえ大権といえども失われる。平安中期以降の天皇は、むしろ都の中で生きることになる。大権を失ったのである。これは日本歴史上きわめて大きな歴史的転換といえるだろう。なぜならば、天皇が都を支配した時代から、都が天皇を支配する時代になってしまったからである。以上が、私の七世紀から九世紀における天皇と都との関係の基本的理解である。

とすれば、天皇がふたたび都を支配する権利を取り戻そうとすれば、明治天皇は京都から江戸に都を遷すしかなかったのである。はて、次の遷都は、いつになるだろう。

旧い都に別れを告げる

時に和銅三年（七一〇）、奈良に都がやって来る。ただし、それは住みなれた土地への別れを意味していた。

和銅三年庚戌《かうしゆつ》の春二月、藤原宮《ふぢはらのみや》より寧楽宮《ならのみや》に遷《うつ》る時に、御輿《みこし》を長屋《ながや》の原に停《とど》め古郷《ふるさと》を廻望《かへり》みて作らす歌〔一書に云はく、太上天皇の御製《おほみうた》〕

飛ぶ鳥の
明日香《あすか》の里を
置きて去《い》なば
君があたりは
見えずかもあらむ
〈一に云《い》ふ、「君があたりを
見ずてかもあらむ」〉

（飛ぶ鳥の）
明日香の里を
置いていってしまったなら
君のいるあたりは
見えなくなってしまうのではないか
〈一には「君のいるあたりを
もう見ないで過ごすことになるというのか」と伝えている〉

（巻一の七八）

題詞に登場する「長屋の原」とは、現在の奈良県天理市西井戸堂町《にしいどうちょう》・合場町《あいばちょう》付近といわれている。元明天皇は旧都となった藤原の地を出発し、新都となる平城京に向かう途中、中間点となる長屋の原で、天皇の乗る輿《こし》を止め、故郷となった明日香を振り返ったのであった。「(飛ぶ鳥の)明日香の里を　捨てていったならば　あなたの辺りは　見えなくなりはしまいか」と。

では、作者はどこを見たいと歌っているのか。「君があたり」については、元明天皇の夫、日並皇子《ひなみし》（草壁皇子）のお墓のある真弓を指すという説や、日並皇子の邸宅である島宮を指すという説などがあり、はっきりしない。しかし、明日香が元明天皇にとって「君」との思い出の地であったことは、歌の表現から伝わってくる。つまり、遷都にあたって元明天皇は、もう一度明日香の風景を目に焼き付けておきたかったのであった。

明日香と藤原の地は、実に約百年以上にもわたって、都の置かれた土地である。かの地で生を受け、暮らした者の感慨がここに表れている、といえよう。新都である平城京に住む人びとにとって、この歌は明日香が故郷になる日の歌、ということができるだろう。そこに、我々は、遷都に対する万葉びとの複雑な思いを読み取ることができるのである。

引っ越しには、いつもドラマがある。もちろん、ホームドラマもあれば、大河ドラマもある。もちろん、悲劇も、喜劇も。

船で行われた遷都

一方、新都への思いは、胸膨らむものである。

或本《ある》、藤原京《ふぢはらのみやこ》より寧楽宮に遷る時の歌

大君の　命恐《みことかしこ》み
にきびにし　家を置き
こもりくの　泊瀬《はつせ》の川に
船浮けて　我が行く川の
川隈《かはくま》の　八十《やそ》隈落ちず
万度《よろづたび》　かへり見しつつ
玉桙《たまほこ》の　道行き暮らし
あをによし　奈良の京《みやこ》の
佐保川に　い行き至りて
我が寝たる　衣の上ゆ
朝月夜《あさづくよ》　さやかに見れば
たへのほに　夜の霜降り

我が大君の仰せごとを恐れ畏み
慣れ親しんだわが家を置いて
（こもりくの）泊瀬の川に
舟を浮かべて　我らが行く川の
曲がり角　その曲がり角ごとに
数えきれぬほどに振り返って（故郷を）見ながら
（玉桙の）道に暮すまで働き
（あをによし）奈良の都の
佐保川にたどり着き……
私が寝ている　衣を片敷いた床の上から
朝月夜の光をさやかに見ると
真っ白に夜の霜が降っている――

石床《いはとこ》と　川の氷凝《ひこご》り
寒き夜を　息《やす》むことなく
通ひつつ　造れる家に
千代《ちよ》までに　いませ大君よ
我も通はむ

岩床のように川の氷は凝り固まっている――
そんな寒い夜も休むことなく
通い続けて造った我家たる宮殿に
千代までもお住まい下されわが大君よ
我らも通ってお仕え申し上げますから！

反歌

あをによし
奈良の家には
万代《よろづよ》に
我も通はむ
忘ると思ふな

（あをによし）
奈良の家には
万代までも
我らも通いましょう
忘れるなんてけっして思って下さいますな

右の歌は、作主未詳なり。

（巻一の七九・八〇）

この歌こそ、遷都に携わった者の苦労を述べるのと同時に、造営に携わった人びとの誇りを詠んだ平城新都讃歌である。天皇の号令一下、住み慣れた家を捨てて働く「我」は、泊瀬川に船を浮かべて、川の曲がり角ごとに数えきれないくらいに、故郷を振り返りながら、奈良の都の佐保川にやって来た……と前半で述べているのである。つまり、故郷への思いを断ち切って働く作者の思いが述べられているのである。日本における木造建築物というものは、基本的には解体して移動することを前提に作られている、と考えてよいのである。

日暮、奈良の地の佐保川に着いた「我」は、仮寝をするのであるが、自らの衣の上には霜が降り、佐保川には岩盤のように氷が張り詰めている……と旅寝の苦労を誇張して表現している。そして、寒さと戦い苦労して造った新宮殿、だからこそ永遠にこの宮殿に住み続けてほしい。私もこの宮殿に役人として仕え続けます……という宣誓で、長歌は終わっている。

当該の歌は新都を讃える歌ということができる。遷都が国家的な事業であると同時に、国家的なイベントであったことを考え合わせると、遷都に従事した労働者「我」の声として歌われている意味も、氷解するであろう。それは讃歌のもっとも大切な役割とは、人びとの心を一つにすることだからである。

この歌はどのような場所で歌われたのであろうか。新しい宮殿の新築を祝う行事のことを、古代においては「新室《にひむろ》ほがひ」といった。現在でいえば、新築祝いの披露のパーティーにあたるであろう。そんな「新室ほがひ」の宴席で歌われた歌の一つに、この歌もあったのであろう。その反歌には、「あをによし　奈良の家には　万代に　我も通はむ　忘ると思ふな」（巻一の八〇）とあるのである。これは、新宮殿には、私も永遠に奉仕しますという宣誓の言葉であり、それを宴の主人に確認させる内容となっている。新宮殿を祝福し、永遠の奉仕を誓い、それを宴の主人に呼び掛けるという構成は、この「新室ほがひ」の趣旨に合致した内容であり、好評を博したものであろう。左注にある「作主未詳」とは、作者がわからないという注記であるが、当該の歌においては作者がわからないことのほうに、あるいは積極的な意味があるのかもしれない。つまり、個人の思いとしてではなく、多くの人びとの思いを代弁する歌として披露したほうが、讃歌としてはよいはずだからである。

この長歌のなかで、新宮殿のことを「造れる家」といい、反歌で「奈良の家」といっている点も、讃歌ならではの表現であろう。家とは、日常に起居する生活の場であり、天皇のいる新宮殿や役人たちが働く役所の建物を家と称したとすれば、特定の意図を以て選ばれた表現といわねばなるまい。つまり、これは親近感が伝わる表現なのである。平城宮に建った大極殿や各役所の建

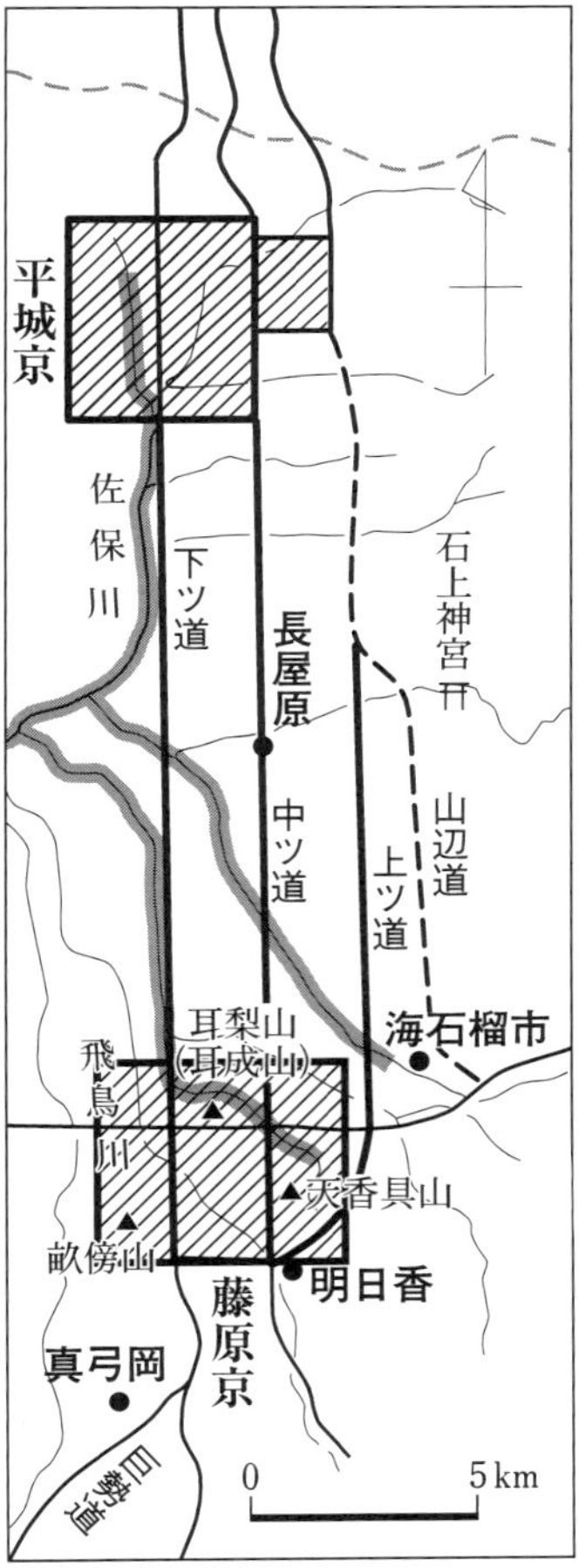

水運を利用した都の移動
(平城京建設の木材運搬ルートを推定)

物を、「奈良の家」と表現したのは、それを身近なものとしてイメージさせる効果を狙ったものであろう。

注意したいのは、泊瀬川と佐保川の水運が遷都に利用されていることである。藤原宮造営の木材が、遠く近江国から、宇治川と泉川の水運を利用して運ばれたことを考え合わせると、新都造営や遷都に果たした水運の役割は小さくないようである（巻一の五〇）。平城京から出土した柱には、根元に穴が開けられているものがあるが、筏を組むために縄を通した痕である、といわれている。旧都となる明日香や藤原から、多数の建物が解体されて、平城京内に移築されたことを考え合わせると、多くの人びとが藤原からの物資の運搬に従事し、船や筏で新都と旧都を往来したことだろう。木の街は、河川があれば、移動できるのである。

奈良に都がやって来た！

こうして奈良の地は、平城京になったのである。天皇の居となる「ミヤ（宮）」と、その周辺の「ミヤコ」は、藤原京（六九四―七一〇）以降、特別行政区となったことは、前に述べた（四二頁）。つまり、平たくいえば「平城京」とは、奈良に天皇の居所があるために設けられた特別行政区なのである。これを一般には、「へいじょうきょう」と読んでいるわけだが、学者によっては「へいぜいきょう」「へいぜいけい」と読む人もいる。本書では、「へいじょうきょう」というが、平城京がその時代の「京」「京都」なのである。では、「平城」とは、何か。読んで字のごとく平な城なのだが、ここでいう「城」とは、今日にいう城壁、ないしはその城壁に守られた都市を示す言葉である。例えば、「大唐長安城」といえば、唐の国の長安の都という意味であり、長安の城壁の内側の地域を示す。ただし、平城京には、一部を除いて城壁はないから、城は都と解してよいだろう。

ならば、「平」とはどういうことか、これは「平ら」ということなのである。おそらく、古代の人は、「ナラ」という音を聞くと今日の「ナラス（均す）」すなわち、踏んで平らにする言葉を想起していたようなのである。『日本書紀』崇神天皇十年九月条には、「ナラヤマ」の地名の起りを伝える伝承が収載されている。反乱を起こした埴安彦《はにやすびこ》は、敗走。大彦《おおびこ》という人物と和珥臣《わにのおみ》の祖先にあたる和珥国葺《くにぶく》に、大和と山背（京都府）の境の山に追いつめられる。もちろん、本文中の「那羅山《ならやま》」とは、奈良山のことである。

復《また》大彦と和珥臣《わにのおみ》が遠祖彦国葺《とほつおやひこくにぶく》とを遣し、山背に向ひて埴安彦を撃たしめたまふ。爰《ここ》に忌瓮《いはひべ》を以ちて、和珥の武鐰坂《たけすきのさか》の上《へ》に鎮坐《す》ゑ、則《すなは》ち精兵《ときいくさ》を率《ゐ》て、進みて那羅山に登りて軍《いくさだち》す。時に官軍《みいくさ》屯聚《いは》みて、草木を蹢跙《ふみなら》す。因りて其の山を号《なづ》けて那羅山と曰《い》ふ。〔蹢跙、此《ここ》には布瀰那羅《ふみなら》須《す》と云ふ。〕更に那羅山を避《さ》りて進み、輪韓河《わからがは》に到り、埴安彦と河を挟み屯《いは》み、各《おのもおのも》相挑《あひいど》む。

（『日本書紀』〔巻第五　崇神天皇十年九月条〕小島憲之他校注・訳『新編日本古典文学全集』小学館、一九九四年）

つまり、反乱軍を鎮める官軍は、甕に酒を入れ、武鍱坂《たけすきのさか》で戦勝祈願して国境の「那羅山」に集結したというのである。多くの軍勢が集ったので当然山の草木は、踏まれて山が平らになったというのである。これは、「ナラ（奈良）」の一種の地名起源伝承の一つと見てよい。ただし、注意しなくてはならないことがある。これは地名の起りを説明する伝承の一つにしか過ぎないから、ほんとうの語源と考えてはならないのである。したがって、『日本書紀』のこの記述からいえることは、奈良山の「ナラ」は、踏みならすの「ナラ」から来たとする言い伝えが、七二〇年ころに存在していたことだけである。

こう考えると「平城京」の「平城」は、奈良を表すと考えてよい。以上のように考えて『万葉集』をながめてみると、原文に「平城京」ないし「平城京師」と書いて「ナラノミヤコ（奈良の都）」と読む例が、五例ほどあることに気付く。「京師」は、「京」と同じと考えてよい（なお▼が原文である）。

▼藤浪之　花者盛尓　成来　平城京乎　御念八君

藤波《ふぢなみ》の　花は盛りに　なりにけり　奈良の都を　思ほすや君

（巻三の三三〇）

▼世間乎　常無物跡　今曾知　平城京師之　移徒見者

世の中を　常なきものと　今ぞ知る　奈良の都の　うつろふ見れば

▼八隅知之　吾大王乃　高敷為　日本国者　皇祖乃　神之御代自　敷座流　国尓之有者　阿礼将座　御子之嗣継　天下　所知座跡　八百万　千年矣兼而　定家牟　平城京師者……

（巻六の一〇四五）

奈良の故郷《ふるさと》を悲しびて作る歌一首〔并せて短歌〕

やすみしし　我が大君《おほきみ》の　高敷《たかし》かす　大和の国は　天皇《すめろき》の　神の御代《みよ》より　敷きませる　国にしあれば　生《あ》れまさむ　御子《みこ》の継ぎ継ぎ　天《あめ》の下　知らしまさむと　八百万《やほよろづ》　千年《ちとせ》をかねて　定めけむ　奈良の都は……〈以下後半部省略〉

（巻六の一〇四七）

▼沫雪　保杼呂〻〻尓　零敷者　平城京師　所念可聞

太宰帥大伴卿《だざいのそちおほともきやう》、冬の日に雪を見て、京《みやこ》を憶《おも》ふ歌一首

沫雪《あわゆき》の　ほどろほどろに　降り敷けば　奈良の都し　思ほゆるかも

（巻八の一六三九）

▼虚見都　山跡乃国　青丹与之　平城京師由　忍照　難波尓久太里　住吉之　三津尓船能利直渡　日入国尓　所遣　和我勢能君乎……

天平五年、入唐使《にふたうし》に贈る歌一首〔并せて短歌〕　作主未詳なり

そらみつ　大和の国　あをによし　奈良の都ゆ　おしてる　難波《なには》に下《くだ》り　住吉《すみのえ》の　三津《みつ》に船乗り　直渡《ただわた》り　日の入る国に　遣はさる　我が背《せ》の君を……〈以下後半部省略〉

（巻十九の四二四五）

これらの歌は、原文「平城京」「平城京師」を「奈良の都（ならのみやこ）」と読んでいるのである。

よく「奈良」の「ナラ」を、朝鮮語で国を表す「ナラ」からきた言葉であると説明する本をみかけるが、これについては、以下のとおりに説明しておこう。耳で「ナラ」という言葉を聞いた時に、平らにするという「ならす」の「ナラ」も想起されたし、植物の「楢」も想起された。そういう想起されるもののなかに、朝鮮語で国を表す「ナラ」が想起された場合もあった可能性はある。しかし、それは語源とはいえないのである。

このように「遷都」が行われた。さて、遷都の後に、どのように平城京生活者の意識が形成されていったのか、つづく第三章で考えてみたい。

第三章　「奈良びと」の誕生

「フルサト」とはどんな場所をいうのか？

私は、十九歳まで福岡市で育った。そして、大学と大学院生活は、東京で過ごした。三十二歳まで東京に住んでいたのである。そして、今、奈良の大学に勤めて十九年になる。五十歳。私にとって「フルサト」は間違いなく福岡だが、はて東京はどうなるか。「フルサト」とはいえないが、「第二のフルサト」とは、いえるだろう。では、奈良は「フルサト」といえるかといえば、十九年間住んでいても「フルサト」にはならない。なぜならば、今住んでいるからだ。ただし、私が他都道府県へ転勤をすれば、奈良は私の「第三のフルサト」になるであろう。つまり、「フルサト」には、二つの意味があるのである。ひとつは出生地や幼少期を過ごした場所。もう一つは、かつて住んでいた土地という意味である。

では、『万葉集』の「フルサト」は、どうかというと、その大部分が、かつて住んでいた懐かしい土地という意味である。それには、理由がある。遷都に伴って、多くの役人やその家族が新都に移動したため、かつて住んでいた古い都が「フルサト」と呼ばれるようになったのである。

つまり、ひとりひとりの個別の出生地とは別に、かつての都を「フルサト」と呼ぶのである。それは、多くの人びとが、今は古都となった都に住んでいたからである。したがって、古い都は、いわば「みんなのフルサト」なのである。では、平城京に住む人びとにとっては、どこが「フルサト」だったのか。それは、藤原の都（六九四―七一〇）と明日香の都（五九二―六九四）であった。この二つの都は近接しているので、藤原が都であった時代は、明日香の地が別地域として強く意識されていたが、平城京の時代に入ると、古い都のあった一つの地域と認識される。ちなみに、平安時代になると、明日香・藤原・平城京を含めた大和国全体が、「フルサト」になってゆく。

住めば都――住民意識の形成

つまり、遷都によって、平城京に住む人びとは、共通の「フルサト」を持つようになったのである。では、平城京生活者としての住民意識あるいは帰属意識は、どのようにして形成されていったのであろうか。

そこで、私はこんな話をしたい。多くの読者は、意外に思われるかもしれないが、平城京の中にも、「明日香」と呼ばれた地域があった。この地名は現在にも引き継がれていて、奈良市立飛鳥小学校も飛鳥中学校も存在しているのである。この地域は、平城京の東部の張り出しである外京の中心部で、元興寺のある辺りである。元興寺は、蘇我氏の氏寺であった飛鳥寺が遷都にとも

明日香・藤原地域の地図
近鉄橿原線
下ツ道
中ツ道
新ノ口駅
寺川
米川
耳成山
大和八木駅
耳成駅
大福駅
近鉄大阪線
横大路
八木西口駅
香久山駅
JR桜井線
今井町
（寺内町）
畝傍駅
醍醐
吉備
膳夫
藤原宮
膳夫寺
吉備池廃寺
下八釣
高殿
安倍寺
奈良文化財研究所
都城発掘調査部
三堂山瓦窯
青木廃寺
大久保
飛鳥川
飛騨
日高山瓦窯
天香具山
高取川
大窪寺
畝傍御陵前駅
本薬師寺
小山廃寺
南浦
日向寺
興善寺
奈良県立橿原考古学研究所附属博物館
畝傍山
小山
山田道
近鉄南大阪線
田中
田中廃寺
田中宮
大官大寺
上ノ井手遺跡
山田
橿原神宮西口駅
久米瓦窯
久米寺
橿原神宮前駅
和田廃寺
雷丘
奥山廃寺
奥山
飛鳥資料館
山田寺
橿原市千塚資料館
久米
軽寺
石川
和田
豊浦寺
西念寺山瓦窯
豊浦宮
豊浦
平吉遺跡
石神遺跡
水落遺跡
八釣
小原
飛鳥
大軽
甘樫丘
飛鳥寺
飛鳥寺瓦窯
飛鳥池遺跡
宣化陵
植山古墳
弥勒石
亀形石槽
小谷古墳
見瀬
見瀬丸山古墳
酒船石
飛鳥京苑池遺構
岡寺駅
菖蒲池古墳
川原
川原寺
飛鳥浄御原宮跡
岡
岡寺
益田岩船
亀石
野口
橘
橘寺
二面石
猿石
欽明陵
天武持統陵
鬼俎・鬼厠
島之庄
嶋宮
岩屋山古墳
牽牛子塚古墳
飛鳥駅
定林寺
石舞台古墳
鑵子塚古墳
越
国営飛鳥歴史公園館
平田
冬野川
中尾山古墳
飛鳥稲淵宮殿跡
都塚古墳
マルコ山古墳
真弓
高松塚古墳
坂田寺
阪田
地之窪
檜前
文武陵
束明神古墳
佐田
近鉄吉野線
檜隈寺
栗原
稲淵
栗原寺
キトラ古墳
壺阪山駅
N
0
1km
24
165
169

なって平城京に移転された寺である。私はいつも、元興寺を案内する時には必ず次のようにいう。

——まず、本堂の屋根の瓦を見て下さい。瓦の中に赤茶けたものがありますよね。あの瓦は、明日香で焼かれた瓦が七一〇年以降この地に運ばれて、元興寺のお堂の屋根に今も載っているのです。明日香の瓦が現役で使われているんですよ。お寺の引っ越しの時に、瓦も持って来たのです。また、最近の年輪年代法、つまり年輪による木材の伐採年次の測定では、西暦五八二年に伐採された部材が明日香から運ばれて、本堂や禅堂で使用されていたことがわかりました（「元興寺の復興」二〇〇〇年秋季特別展パンフレット、財団法人元興寺文化財研究所発行）。六世紀の後半ですよ。明日香時代の前です。瓦や部材も千年単位で使用すれば、究極のエコロジーかもしれませんね——。

恥ずかしい話だが、何度同じ解説をしたことか。何度、元興寺に行って赤茶けた瓦を見ても、興味は尽きない。私は、時の経つのも忘れて、ついつい見入ってしまう。五八二年に伐採された木なら、大化改新も壬申の乱も見たのではないか。あの瓦は、額田王や柿本人麻呂を見たのだろうか、と私の夢想は膨らむばかりである。

大伴家持の育ての親にして、大伴旅人亡きあと名門貴族・大伴氏を支えた女性に大伴坂上《おおとものさかのうえの》郎女《いらつめ》がいる。小野寛の推定によれば、持統十年（六九六）から、大宝元年（七〇一）の間に生まれた人物ということになる（「大伴坂上郎女伝私考　その一」『学習院女子短期大学国語国文論集』第

元興寺の本堂と禅堂の屋根には飛鳥時代の瓦が残る。（写真提供・奈良市観光協会）

八号所収、学習院女子短期大学国語国文学会、一九七六年)。とすれば、平城遷都は、大伴坂上郎女が九歳から十四歳までの間に起こった出来ごとであった、と考えてよいことになる。とすれば彼女は少女期まで藤原京と藤原京に隣接した明日香地域で生活をしたことになろう。そうした生活体験を持つ大伴坂上郎女の旧都と新都に対する思いを推し量ることのできる歌が、巻六に伝わっているのである。

大伴坂上郎女《おほとものさかのうへのいらつめ》、元興寺《ぐわんごうじ》の里を詠《よ》む歌一首

故郷《ふるさと》の
明日香はあれど
あをによし
奈良の明日香を
見らくし良しも

(巻六の九九二)

故郷の
明日香は明日香でよいのだけれど……
(あをによし)
奈良の明日香を
見るのもまたよい――

「ふるさとの明日香」に対比される「平城の明日香」が詠み込まれていて、「ふるさとの明日香」は「アスカ」でよいけれど、「平城の明日香」を見るのもまたよい、という割り切ったもの言いになっている歌である。おそらく、彼女の胸中には明日香に対する故郷を懐かしく思う感情と、平城京生活者としての自覚・自負という、複雑な感情があったものと思われる。おそらく、そういった気持ちを整理しきったあとの感情を吐露した歌ではないか。察するに、それは「住めば、都」という気持ちの整理の仕方に近いものであろう。「確かに、故郷はいいわ。でもね、今となっては奈良もいいわ。やはり、住めば都ですからね」というように、私には大伴坂上郎女の声が聞こえる。

すなわち、奈良の明日香は、元興寺のある地域を指したものであり、平城京の外京に明日香の飛鳥寺が移転されている事実を念頭におく必要があるのである。岸俊男という古代史家は、外京に明日香の施設が移転されているところから、藤原京に対する明日香京域の施設の移転地として平城京の外京を推定している（「万葉歌の歴史的背景」『宮都と木簡—よみがえる古代史—』所収、吉川弘文館、一九七七年）。つまり、平城遷都の際、明日香地域にあった建物は平城の外京すなわち東の張り出しに移築されたというのである。ひょっとすると、明日香で見ていた建物、フルサトの建物を元興寺の里では見ることができたのかもしれない。こういった理由から出現した「もうひとつのアスカ」を大伴坂上郎女は、右のように詠んだのであった。

「奈良びと」という言い方

住んでいる土地に対する愛着が生まれて、住民という意識が生まれる。もちろん、それは近代における市民意識とは別種のものであるとしても、自分ないし他人が奈良に住んでいることは、土地への愛着とともに意識されていたはずである。すると、こんな言い方も生まれてくる。それは「ナラビト（奈良びと）」という言い方である。単純に訳せば、奈良に住む人ということになるのだが、言外には奈良に住み馴染んだ住民ということが含まれる。したがって、どれほどの期間かは、相対的なものだから明確にすることはできないけれども、一定の期間住んだ人にしか、使うことのできない表現だったはずである。次の歌は、紀朝臣鹿人《きのあそみかひと》という人物が、大伴宿禰稲公《おおとものすくねいなぎみ》という人物の所有ないし管理している荘園で作った歌である。荘園とは、氏族が私的に所有している農園のことである。

典鋳正《てんじゆのかみ》紀朝臣鹿人、衛門大尉《ゑもんのだいじよう》大伴宿禰稲公の跡見《とみ》の庄《しやう》に至りて作る歌一首

射目《いめ》立てて
跡見の岡辺《をかへ》の
なでしこが花
ふさ手折《たを》り
我《あれ》は持ちて行く
奈良ひとのため

（射目立てて）
跡見の岡辺の
なでしこの花
それを束ねてね
わたしは持ってゆくよ……
奈良びとのためにね——

（巻八の一五四九）

跡見は、現在の桜井市市街地東部で、奈良市から二〇キロほど離れている地だ。そのなでしこの花を、奈良びとのために持って行こうというのである。この歌には、当事者にしかわからない

謎があって、なでしこの花を見せたいと思ったのは誰なのか、私には気にかかる歌である。歌からわかることは、その奈良びとは、花を見ると喜ぶ人であったということだけだ。

次の歌については詳細は省くが、この歌の「奈良びと」は直接的には友人の妻をさす。宴の席で、おまえさんが奈良びとである妻に見せようと、しるしをしておいた紅葉は、地には落ちないだろうよ。落ちることなどあるまい、といっているのである。

あをによし
奈良ひと見むと
我が背子《せこ》が
標《し》めけむ黄葉《もみち》
地《つち》に落ちめやも

右の一首、守大伴宿禰家持《かみおほとものすくねやかもち》作る。

（巻十九の四二二三）

（あをによし）
奈良びとに見せようと……
おまえさんが
標をしたという紅葉――
その紅葉は　土に落ちることなどどうしてありましょうや（いや落ちることなどありえません！）

考えてみるに、これは意味深長。おまえさんの妻を寝取るようなことはないから、心配するなよ、という解釈となる。私が意味深長といったのは、紅葉すれば落葉するだろうから……という意となるからである。赴任地の越中で、家持はおそらく仲間をからかったのである。つまり、越中にあって、奈良びとを案ずる歌なのである。あたりまえの話だが、このように奈良びとという言い方は、奈良以外からなされることに注意しておきたい。

みやびな男のすることは……

ここまで、奈良が都となり、そこに「住めば都」という住民意識が生まれたことを話してきた。すると、その都で培われる振る舞いやメンタリティーも生まれてくるものなのである。都風の男すなわち都会的センスを身に付けた男は、「ミヤビヲ」と呼ばれていたようである。そして、「ミヤビ」は、都会的文化を象徴する言葉になっていったのであった。では、「ミヤビヲ」とは、どんなことをする男たちだったのか。一つの例から考えてみよう。巻七に、こんな歌が伝わっている。

春日《かすが》なる
御蓋《みかさ》の山に
月の舟出《い》づ
みやびをの
飲む酒坏《さかづき》に
影に見えつつ

春日にある
御蓋の山に
月の舟が出た……
みやびおが
飲む杯に
影を浮かべながら――

（巻七の一二九五）

春日は、現在の奈良市の春日。その春日にあるお椀を伏せたような小さな山が御蓋山《みかさやま》である。そこに、月が出た。この御蓋山に出た月を、作者は「月の舟」と表現しているのである。月齢によっては、月が舟のかたちに見えることもあり、それをロマンティックに表現すると「月の舟」という言い方になるのである。それを、杯に浮かべて飲もうというのだから、なんとも風流な宴会をやったものである。この一二九五番歌の「ミヤビヲ」は、原文では漢字で「遊士」と書き表している。つまり、こういった風流を解し遊ぶ男を、万葉びとたちは「ミヤビヲ」と呼んだのであった。これは、奈良の都・平城京に生きた「ミヤビヲ」がなした風流の遊びということができよう。やはり、今も昔も、風流のわかる男は、やることが違うのである。

ある下級官人の恋

これまでの本書の記述だけを読むと、奈良の都に住んでいることに自負心を持ち、藤原や明日香の地を共通する「フルサト」とし、おしゃれな都会的生活を楽しむ人びとというのが、平城京生活者のイメージになってしまうだろう。もちろん、それは平城京という都での生活の一側面として紹介したわけだが、平城京は官人すなわち律令国家の役人の街なのであった。わかりやすくいえば、天皇・皇族と役人、さらにはその家族の街だった、と考えてよい。平城京の役所に宮仕えするために、故郷に家族を残して単身赴任している男性も多かったことを勘案すると、平城京の人口構成は、男性の方が多かった可能性が高い。これは、今日でも多くの国々の首都において見られる現象であり、平城京もそうであった可能性が高いのである。

そこで、官人の街であった平城京の片隅で歌われた歌を、ここで読み、当時の下級官人の生活について考えてみようと思う。

このころの　我《あ》が恋力《こひぢから》　記し集め　功《くう》に申さば　五位《ごゐ》の冠《かがふり》

このころの　我《あ》が恋力　賜《たま》はずは　京職《みさとづかさ》に　出でて訴《うれ》へむ

右の歌二首

（巻十六の三八五八・三八五九）

歴史学の蓄積に力を借りて、二首を読むと、下級官人の生活が見えてくる。

第一首の歌については、早くに、江戸時代の学僧・契沖は「恋に積みたる労を記し集めて勲功に申すべきならば五位にも叙せらるべきなり」と述べている（『万葉代匠記』精選本）。契沖の言葉をわかりやすくいうと、「恋を成就させるためにかかった苦労を書き集めて勲功として上申したならば、五位の位にも叙せられるほどである」ということになる。第一首で、まず問題とすべきは、「五位の冠」であろう。ことに、五位なるものの重さが重要である。五位という位を得れば、位田八町に位禄（絁四四、綿四屯、布二十九端、庸布百八十常）などの現物支給があるほか、租税・力役は全て免除された。さらに罪を犯した時にも減刑の特典があり、加えて「蔭位《おんい》」の制も適用された。蔭位とは子や孫の位に及ぶ特典で、五位以上の位を持つ親の子弟は、二十一歳になるとその位に応じて一定の位を与えられた（野村忠夫『日本官僚の原像』ＰＨＰ研究所、一九八三年）。『令義解』という法律の注釈書の戸令第二十八条には、五位からは「通貴」といわれるように貴族の列に加わることになるという。そして、なによりも五位以上は「勅授」であった。つまり、天皇の勅によって、位を賜るのである。したがって、五位以上の人物は、「勅命」によって官位を得るから、その動向は、史書に残るのである。ために、史書によって姓名を知ることのできるのは、原則五位以上の人びとに限られていると考えてよいのである。つまり、『続日本紀』等でわかる歴史とは、五位以上の人びとの歴史でしかないのである。だから、古代の六位以下の人間の歴史を論じることは、きわめて難しいのである。これほどまでに、五位と六位の差は大きい。

では、五位以上の官人は、どのくらいいたのだろうか。『続日本紀』天平十六年（七四四）閏正月条に、百官に恭仁・難波二京の都としての便宜を下問したという記事があるが、この条は五位以上の人数を知る手懸りとなる。天皇が下した問いに対して、恭仁京をよいと答えた者は五位以上が二四人、六位以下が一五七人であったのに対して、難波京がよいと答えた者は五位以上が二三人、六位以下が一三〇人であったという。天平十六年の閏正月に朝堂に会した百官のうち、五位以上は四七人であり、六位以下は二八七人ということになる。この数字だけを見ても位のヒエラルキーがある程度わかる。ただし、これは官人として参集している人数なので、五位以上と

第1表　平城京の人口構成

階　　層	人口の比率
五位以上	0.05%
初位～六位	0.3%
無位の官人	3%
(官人の家族)	30%
仕丁・奴婢	20%
一般京戸	46%

〔鬼頭清明『日本古代都市論序説』法政大学出版局、1977年〕

六位以下の人数比は、平城京全体ならもっと大きくなるはずだ。

では、平城京全体でみた場合はどうなるか。鬼頭清明による人口構造の推定があるので見てみよう。鬼頭の推定では上の表のとおりで五位以上は、わずかに〇・〇五%しかない。鬼頭は、この人口推計から、平城京は官人とその家族を中心とした政治都市と考えるべきであることを提案している。このように見てゆくと、平城京に生活する官人にとって、「五位」という位がいかにあこがれの的であったか、よくわかるであろう。岸俊男の推計によれば、平城京の人口は約十万人(岸俊男『古代宮都の探究』塙書房、一九八四年)。だとすれば、十万人の中の五十人が五位以上ということになる。まさに選ばれたる人といえよう。

次に「功」について考えてみよう。「功」は多くの注釈書は、「クウ」と訓みならわし、功績、功労というほどの意にとっている。これは、律令の用語なのである。これを、具体的に律令官人の人事考課制度の中に位置付け考証したのは歴史学の野村忠夫という学者であった。氏はこの「功」を「律令」という古代法の選叙令・考課令に登場する「功過行能」の「功」であるとする。考課令の第一条には、

凡そ内外の文武官の初位以上は、年毎に当司の長官、其の属官考せよ。考すべくは、皆具《つぶさ》に一年の功過行能を録して、並に集めて対《むか》ひて読め。其の優劣を議《はか》りて、九等第《くとうだい》定めよ。八月の卅日《つごもり》より以前《さき》に校《かむが》へ定めよ。京官畿内は、十月の一日に、考文太政官《かうもんだいじやうぐわん》に申送《しんぞう》せよ。……

(『律令』〔考課令 第十四 第一条〕井上光貞他校注『日本思想大系3』岩波書店、一九七六年)

とあり、官僚の勤務評定は記録され、それを資料として昇進が決定されたことがわかる。この人事考課は、なかなか厳しい。平城京に勤めている者であれ、地方勤務者であれ、位を得て役所に務めている者には、その役所の長官が毎年人事考課を行うことが定められている。人事考課の対象となるのは、

功……果した功績はどんなものであったか
過……過ちを犯さなかったか
行……素行は良かったか
能……能力はあるか

の四つの事項であった。この人事考課は、公表され、その優劣が会議に諮られ、九段階の評価がなされるのである。かくなる人事考課書を「考文」というのだが、「考文」は、八月三十日までに作成しなくてはならない決まりとなっていた。その「考文」は、十月一日に、太政官に上申しなくてはならないのである。私は現在、大学の教員として人事考課を受けているが、その内容については知らされたことがない。もちろん、それは昇給に影響しているだろうが、公表もされていない。もし、自分が「功」「過」「行」「能」で評価を受けていたら、どんな評価を受けるのだろう（行が気になる）。それにしても、九段階とは、厳しいものだ。野村忠夫は官位の昇進を左右する「考文」とよばれる評定書に記入されるような職務達成とそのためにはらった労苦がこの歌の「功」ではなかったかとする（野村忠夫『古代官僚の世界―その構造と勤務評定・昇進―』塙書房、一九六九年）。功が五位の冠を得るためのものとして対応し、第二首には京職のような律令官司名が第一首に対応して登場することから考えても、野村の推定は妥当だろう。つまり歌中の「功」は、勤務評定の上申書に記入されるような功労をイメージすればよいのである。

そう考えてゆくと「記し集め」という表現も味わい深いものになる。「シルス」という語について『時代別国語大辞典上代編』では、「カク」は語源の「掻ク」の意を反映して実際に手を動かす書記行為を表し、これに対し「シルス」は事柄全体を写しとるという行為の結果に重点があると解説している。この点を強調して「苦労をそのまま書きうつして」というニュアンスを感じ取ってもよいだろう。しかも「記し集め」となっている。この「集め」という表現に、作者の恋の苦労と、おさまらない気持ちを読み取ることもできるのではないか。

第二首では第一首の一・二句をそのまま受け、「賜はずは」と続く。当然、ここには省略があるわけで、「五位の冠」のような高い位や褒賞をいただけないのならということになろう。このような省略が可能なのは歌の聞き手・読み手が第一首に重ねて第二首を享受したからであることは言うまでもない。また、それを前提として歌を作ったのだろう。「京職」は職員令の第六十六条に、

左京職《さきやうしき》〔右京職も此に准へよ。司一を管《す》ぶ。〕
大夫《だいぶ》一人。〔掌らむこと、左京の戸口《ごく》の名籍《みやうじやく》のこと、百姓を字養《じやう》せむこと、所部を糺《ただ》し察《み》むこと、貢挙《ぐこ》、孝義《けうぎ》、田宅《でんだく》、雑徭《ざふえう》、良賤《らうせん》、訴訟《そしよう》、市廛《しでん》、度量《どりやう》、倉廩《さうりむ》、租調《そでう》、兵士《ひやうじ》、器仗《きぢやう》、道橋《だうけう》、過所《くわしよ》、闌遺《らんくゐ》の雑物《ざうもち》のこと、僧尼の名籍の事。〕
（『律令』〔職員令《しきゐんりやう》　第二　第六十六条〕井上光貞他校注『日本思想大系3』岩波書店、一九七六年）

とあり、訴訟も受けもつことが「出でて訴へむ」という表現の背後にあると思われる。また、平城京の下級官人やその家族などの生活者にとって「京職」は、職務の内容からみてことのほかなじみの深い役所であった、と思われる。第二首では第一首で示した恋の苦労に対して、なおもおさまりきれない気持ちがあることを表わしているのであろう。

第一首と第二首を通して印象に残るのは、自らの恋に対する自嘲的な表現とその表現の意外性であろう。

さらに、もう一つ大きな特徴がある。「功」「五位の冠」「京職」のような歌言葉の類型からおよそかけ離れたいわば「お役所言葉」を連発しているのである。この点は、当該二首の表現の特色なのだが、当時としても意表を突いたものであったと思われる。

私はこの「お役所言葉」が、当時の官人に大きな支持を得たと考えている。その理由は、彼らも同じような生活体験を共有していた、と予測できるからである。その生活体験というものを具体的に説明すると、文字をメディアとした官僚社会の中で生きているという生活体験である。私などは、平城京跡出土の木簡にみる習書・落書と、この歌を重ね合わせてイメージを膨らませている。文字を必死に学び、試験に合格しようとした文字の練習のあと、ふと息抜きの時に書いた落書きのあと。それらが、過酷な官人登用試験の様子を彷彿とさせるからである。また、今日の官僚機構や偏差値社会での体験を通しても、私はこの歌のイメージを膨らまし、文学的感動の追体験をできるとも思っている。私は、時々若返りたいと思うことがあるが、これまで受けてきた試験のことを思うと……、もう一度、十代を繰り返したいとは思わない。

＊＊＊

〔小説風に〕

秋も八月になると、役人たちは、急にそわそわと……おちつかなくなる。それも、そのはず。「考文」の作成がはじまるからだ。どんなにうだつの上がらない役人といえども、官位を得たからには、やはり出世はしたいもの。果たしてこの一年の人事考課はどのようになされているのだろうと、気になるところである。そんななか、造酒司に勤めている下っ端の役人たちが、七、八人ほどでうさばらしに一杯やろうということとあいなった。休みの日、春日野に集って安酒を飲み明かそうという算段なのである。いよいよ当日。宴会がはじまっても、話は人事のうわさばかり。あいつは、こうなる。おれは、こうなる、といいながら、みなはちびちびと酒を飲んでいた。やはり、気になるのは人事だ。

そんな宴に集ったひとりに、某野某麻呂という、一人の醜男《ぶおとこ》がいた。歳は、三十。最近、何やら、ある女に貢いで借金を拵えた挙句、ふられたらしい。それも、尋常な額ではないということだ。相手の女がいけなかった。街でも、札付きのやり手女というではないか。だから、今日の宴会は、恋の歌も話も禁句だ。はて、どうなることやら。

宴会がはじまって、しばらくすると、うわさの某野某麻呂が、歌うと言い出してきかない。やっこさん、少し荒れているぞ。歌わせてよいものか。宴会に出ていた人びとは、一瞬慌てた。酔った某麻呂の嘆き節で、宴会が台無しになるのではないか、と。しかし、歌うといって、聞かないのだ。さて、某麻呂は、顔を真っ赤にして、こう歌ったのだった。

近頃の　俺様の恋力といったら……　そいつをだなぁ書き連ね　功と申請したらよー　そりゃぁ五位はもらえるだろうよ　これホント

こう歌うと、数人の者はくすっと笑った。そして、某麻呂はさらにこう歌い継いだのであった。

近頃の　俺様の恋力を書き記してお役所に申請してだなぁ　何も下さらなかったらだよ　裁判所に　訴え出ますよ　これホント

参会者は、一同大笑い。やんやの喝采である。でも、ほんとに笑ってよいやら。心の奥では某麻呂のことを気の毒に思うが……。しかし、笑いを禁じ得ないのである。某麻呂もまんざらでもない様子。「俺は元気だー」と言いたかったのであろう。

出世もしたいし、恋も成就させたい。でも、五位の位などこの宴席で、管を巻いて安酒を飲んでいる連中には、まったくもって無縁というほかはない。おかしいけれど、ちょっと悲しい。平城京に生きる官人の思いは、上から下までみんな同じだ。出世と女だ。それに金か。なんだか、某麻呂の吹っ切れた歌で宴会はいい雰囲気になった。

続いて、とある者が立って「世の中にままならぬもの三つあり。女に、金に、そして秋の空だ」といって、一同また大笑い。この大笑いを以て、今日の宴はお開きとあいなった。そのころ、ちょうど御蓋山には、大きな月が昇ってきた。彼らは、月を見ながら、家路を急ぐ。もちろん、そのひとりには、作り笑顔の某麻呂もいた。

＊　＊　＊

私は当該二首の歌から、記すこと・読むことを通して成り立つ社会が形成されていたことを感じ取る。そして、文字の文化は、地方にも確実に伝播していった。防人歌と東国における識字層の形成との関わりを考察する時に、よく問題にされる歌がある。次の歌を見れば、都から離れた後進地域であった東国へも、文字が普及していたことがわかるからである。

〈第一首目省略〉

常陸《ひたち》さし
行かむ雁《かり》もが
我《あ》が恋を
記して付けて
妹《いも》に知らせむ

（わがふるさと）常陸をさして
行く雁がいないものかね——
この恋心を
記し付けて……
愛する妻に知らせたいよ

右の二首、信太郡《しだのこほり》の物部道足《みちたり》

（巻二十の四三六六）

防人が、いったいどのような階層から出仕したかは、議論の分れるところであるが、少なくとも文字を媒介として恋愛が成り立つ人びとであったことは、確かである。メディアによって恋愛が成り立つというのは奇異なもの言いと聞えるかもしれないけれど、携帯電話やメールがなければ、現代における恋愛も成り立たないはずである。

大宮人の誕生はいつか

では、取り上げた歌のような笑いが共有されるような官僚社会、文字で恋愛をする社会は、いったいいつのころから出現したのだろうか。近時の発掘の成果に、次のような木簡がある。それは、滋賀県野洲郡中主町（現・野洲市）の湯ノ部遺跡（弥生—奈良）から発見された木簡で、丙子年（六七六）十一月の年号もあり、木簡に記された年紀としては最古の可能性もある木簡である。山尾幸久の釈文案は、次のとおりである（滋賀県教育委員会・滋賀県文化財保護協会編『湯ノ部遺蹟発掘調査報告書Ⅰ』同委員会・同協会、一九九五年）。

・丙子年十一月作文氾
・牒玄逸去五月中□（官）□蔭人
自従二月已来□　□養官丁

久蔭不潤□□□蔭人
・次之□□丁□□□（等利）
壊及於□□□人□（官）
裁謹牒也

「蔭人」とは、前述の蔭位の制につながる宮廷出仕に際して恩恵を受ける人のことである。玄逸という人物が五月に官人への登用を約束された「蔭人」になったにも拘わらず、十一月になってもその官位につけないことを訴えたものである。山尾は、当該の木簡について、「有爵の地方官人個人が直属上司たる国宰に上申した官文書が、範式として保管された」ものであるとし、「この牒の差出人は評督または助督である『玄逸』の父で、淡海宰に対して早く子を兵衛として貢上するよう申請したのである」と、分析している。簡単にいえば、息子はすでに蔭位の制の対象者なんだから、早く役人にしてやって下さいよ、という催促の上申書といえよう。

そういう申請は多かったらしく、官文書の範式（いわば、お手本、サンプル）として保存されていたというのである。しかし、申請書類の書式が変わって、範型としての役目を果たさなくなり、遺棄されたのではないか、と山尾は推定している。よく役所に何かの申請にゆくと、決まった形式の申請書のサンプルが机のビニール・シートの下に置いてあり、記述の例が書いてある「アレ」である。東京なら、東京太郎や東京花子。奈良なら、奈良太郎と書いてある「アレ」である。

ところが、年号からすると、これは飛鳥浄御原《きよみはら》令の制定以前となり、このような任官上申書の存在は、近江令の存否の議論にも一石を投じるものであることは、間違いない。これは、いつごろから、「律令」という中国の法体系が日本に根付き、その「律令」によって国家が運営されるようになったのかという議論に繋がってゆくからである。この点について、山尾は、中央官制組織の原型となる単行法令が整備されていた可能性がある、と推定している。つまり、いきなり律令が制定されて運用されたのではなく、少しずつ個別の法令が出て、それが体系化されて、近江令や飛鳥浄御原令になっていったとする考え方である。玄逸なる人物が、近江の豪族の子弟であったとすれば、畿外の地方豪族も中央官制に組み込まれるためには、任官上申書を提出することが、天武五年（六七六）の段階で必要であった、と考えねばならないだろう。しかも、飛鳥浄御原令・大宝令に結実する令制の書式にほぼのっとった上申書が、提出されなければならなかったようなのである。豪族が位をもらい、貴族として宮仕えをする時代がやってきたのである。つまり、それは万葉の言葉でいうところの「大宮人」すなわち「大宮で働く人」の誕生とみてよいのではなかろうか。これからは、地方豪族といえども役人にならないと、地位もお金も得られない世の中が出現していたことを意味する。

七世紀以降、「豪族」が「貴族」になり、平城京の官人たちも、宅地をそれぞれ政府から分け与えられて住んでいたのである。『万葉集』は、そういった平城京に生きた役人たちの秘かな笑いを現在に伝えているといえるだろう。

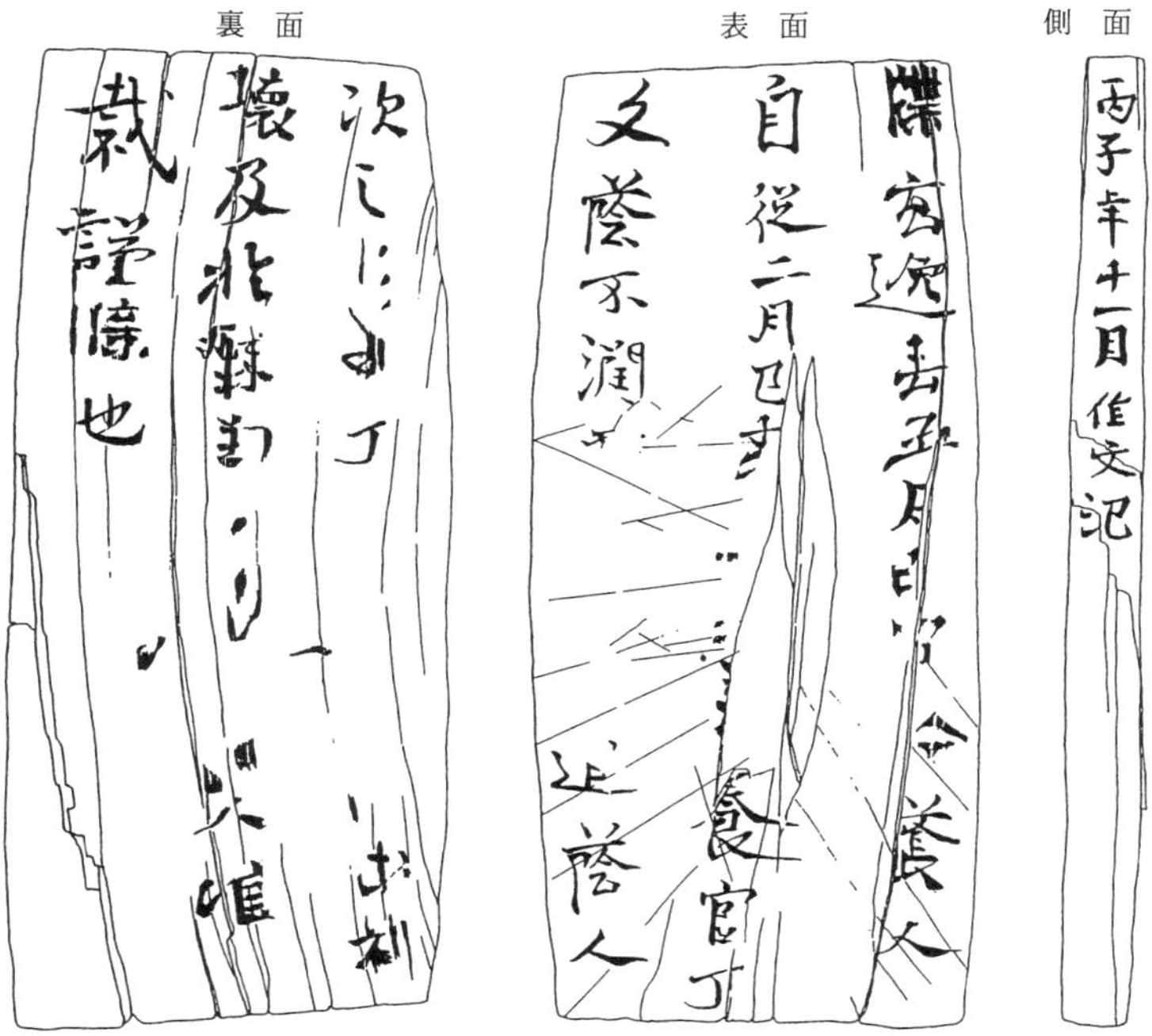

範式の木簡：湯ノ部遺跡出土牒文書木簡
（滋賀県教育委員会・滋賀県文化財保護協会編
『湯ノ部遺跡発掘調査報告書Ⅰ』より）

「記し集め」て「功」として上申したならば、「五位の冠」がもらえる、という発想が生まれる背景には、このような律令の文書主義があったものと思われる。そういった官僚社会の出現が、天智朝に遡る可能性があることを、この木簡資料は示しているのである。律令国家では、すべては書類として提出しなくてはならない。このような社会での生活体験が共有されているからこそ、当該の二首の歌が、「笑い」の歌として成り立つのである。

官僚国家・日本の起源は、ここにあるといえよう。本章では、平城京生活者としての意識の形成と、官僚の都市としての平城京の性格について考えてみた。次章では、その律令官人の地方赴任の話を通して、都の「にほひ」のようなものについて考えてみたい。

第四章　「ミヤコ」と「ヒナ」の感覚

ふたたび、「ミヤコ」について

言うまでもなく都市は、政治や文化の中心地である。それは、平城京についても当てはまる。天皇の居所となる平城宮は、律令国家の中枢たる官司が集中していた場所であったし、そこでは大嘗祭や外国使節の謁見などの国家的儀式が執り行なわれていた。さらには、出土する多くの荷札木簡が示すように、経済の中心地でもあった。歌人や享受者を含めた万葉歌の担い手たちの多くは、この平城京の生活者なのであり、合わせて律令官人としての生活を送っていたのである。そして、時として地方勤務も体験したのであった。

こういった政治と経済の強い中心性が、都での生活者の誇りともなり、一方では他の地域を蔑視する価値観を生じさせた、といえるだろう。つまり、都市の文化を優位なものと見る観念が生み出されていったのである。

神や天皇の居所を表す「ミヤ」という名詞は、建物を表す「ヤ」に、尊敬の接頭語「ミ」がついたもので、それを動詞として活用させたのが、上二段動詞「ミヤブ」である。「ブ」はそれらしくするという意味を添えて動詞を作る接尾語と考えるとわかりやすい。この動詞「ミヤブ」の連用形が、「ミヤビ」であり、連用名詞形として機能することが多いのである。したがって、「ミヤコ」の持つ雰囲気や情趣を備えたものが「ミヤビ」なのであり、「ミヤビ」を備えたシティー・ボーイを『万葉集』では「ミヤビヲ」と呼ぶ。「ミヤビ」が都会的文化を象徴するのは、以上のような理由によるのである。なお、後述するように、「ミヤコ」に「ブ」をつけて、「ミヤコブ」という上二段動詞が作られることもある。

この「ミヤコ」「ミヤビ」に対して、田舎や地方、田舎風をいう言葉が「ヒナ」「ヒナビ」であった。早くに中西進が注目したように、『万葉集』においては「比奈」という仮名書き例を除くと、「ヒナ」はすべて「夷」と書き表わしている（「夷」『万葉史の研究』桜楓社、一九六八年）。古代の中国における「夷」とは、自分たちこそ世界の中央にいる選ばれた民であるとする中華思想に基づいて、東方辺境の異民族を呼ぶ言葉であり、「化外の民」を指す言葉であった。「化外」は、すなわち文明の外ということであり、そこに住む人びとへの蔑称である。都会の文化を中心と位置付け、地方や田舎の文化を周縁と位置付ける考え方を、この表記法にも見出すことができよう。

以上のことがらを端的に示す歌があるので、見ておこう。神亀三年（七二六）十月二十六日に知《ち》造難波《ぞうなにわ》宮事《ぐうじ》に任命された藤原宇合《ふじわらのうまかい》は、実に五年半の歳月を要して天平四年（七三二）三月に難波宮を再興した。得意満面に、宇合は歌う。

式部卿《しきぶのきやう》藤原《ふぢはらの》宇合《うまかひ》卿、難波《なには》の都を改め造らしめらるる時に作る歌一首

昔こそ
難波《なには》田舎《ゐなか》と
言はれけめ
今は都引《みやこひ》き
都びにけり

昔はね
難波田舎と
言われたけれど……
今は都らしくなってきて
（もうすっかり）都みたいな景色です！

（巻三の三一二）

「難波田舎」とは、難波という田舎という言い回しである。ところが、今となっては都らしくなった、と宇合は歌っている。「都引き」とは都に引かれて、都にならってという意味と見られる。つまり、田舎が「ミヤコビキ」によって、「ミヤコビ」になったのである。それは、難波宮が再興されたからであった。

ホンネとタテマエと

縷々述べてきたように、都会の文化の先進性・優位性をいう言葉が「ミヤビ」であり、対して田舎や地方の後進性・劣等性をいう言葉が「ヒナビ」であると考えてよい。そういった「ミヤコ」と「ヒナ」に関する感情を持って、律令官人たちは地方に赴任していったのであった。

天平二年（七三〇）、九州・大宰府に赴任していた大伴旅人は、その任期を終え、平城京に帰任することになった。『万葉集』巻第五は、旅人帰任にあたって大宰府で行なわれた送別の宴の歌群を収載している（巻五の八七六〜八八二）。「書殿にして餞酒する日の倭歌」（同八七六〜八七九）は、その宴の雰囲気をよく伝える歌で、惜別の情、羨望の情、祝福の気持ちなどが伝わってくる作品である。「書殿」は図書館で、この日の送別会は、図書館で行われたのである。私はこの歌を読むと、現代のサラリーマンの転勤を思い起す。例えば、地方の支店で支店長の本社勤務復帰が決まり、その栄転を祝う送別会が行なわれたとしよう。送別会では、口に出して言うかどうかは別にして、惜別・羨望・祝福などの感情が参会者の胸の内に去来するであろう。さて、問題とするのはその次に位置する「敢へて私懐を布《の》ぶる歌三首」である。

敢《あ》へて私懐《しくわい》を布《の》ぶる歌三首

天離《あまざか》る　　（天離る）
鄙《ひな》に五年《いつとせ》　　鄙に五年も
住まひつつ　　住みつづけ
都のてぶり　　都のてぶりも　（今は昔）
忘らえにけり　　すっかり　忘れてしまいました
（そんなわたしの歌でも聞いて下さいな）

かくのみや　　こんなにも

息づき居《を》らむ
あらたまの
来経行《きへゆ》く年の
限り知らずて

溜息ばかりついているのでございます
（あらたまの）
過ぎてゆく年の
限りもわかりませんのでねぇ
（いったいいつまで田舎暮らしが続くやら）

我《あ》が主《ぬし》の
御霊賜《みたまたま》ひて
春さらば
奈良の都に
召上《めさ》げたまはね

あなた様の
恩寵を賜って
春になったら……
奈良の都に
呼び上げてくださいな
（期待していますよ、あなたのコネで）

天平二年十二月六日に、筑前国司 山上憶良《やまのうへのおくら》謹上す。

（巻五の八八〇～八八二）

「敢へて私懐を布」べるというのは、公には役人として口にすべきではないことを、敢えていうという意味に考えてよい。ここに、山上憶良のジレンマを見て取ることができる。それは、「私懐」すなわち「私情」だからである。役人としては、命令とあらば一切の私情を排して、任地に赴くべきである。という「タテマエ」に対して、都に少しでも早く帰任したいと思う「ホンネ」もあろう。以下、順次、歌を解説してゆこう。

一首目の「天離る鄙」とは、天から遠く離れた「ヒナ」という意味である。ちなみに、どんな土地が万葉歌では「ヒナ」と呼ばれているかといえば、近江・明石以西・石見・土佐・越・対馬・筑紫となる。言うまでもないことだが、都を中心とした畿内は含まれない。畿内と畿外では、大きな格差があるのだ。この「天離る鄙」に五年暮らしたというのは、憶良が国司として筑前国に赴任していたからである。国司の任限はさまざまに運用がなされるので一様ではないが、六年、五年、四年を区切りにしている。したがって、憶良の筑前国での勤務も、終わりに近くなっていたことがわかる。「都のてぶり」とは後述するが、都の風俗であり、五年も「ヒナ」に暮らしたので、都の風俗を忘れてしまった、と憶良は歌ったのであった。

二首目の「かくのみや」とは、「こんなにも」の意味である。したがって、「かくのみや　息づき居らむ」とは、「こんなにも、ため息が出てしまいますことか！」と詠嘆した表現となる。その理由が、下の句に述べられている。「(筑紫での) 過ぎ行く年限もわかりません」と。つまり、そろそろ都に帰ることができる年を迎えているにも関わらず帰任の報がなく……、「ヒナ」の地で暮らしていることを嘆いているのである。

三首目の「我が主」というのは、都に帰る旅人のことを示す。旅人が送別の宴の主賓であるにしても、大げさな表現である。宴席で場を盛り上げるために、誇張してオーバーにいったのであろう。もちろん、誇張の背後には、笑いに包んだ羨望の気持ちがあったのではないか、と私は推測する。「御霊賜ひて」とは、「恩寵にすがって」という意味で、憶良は春になったら「我が主」の恩寵によって、奈良の都に召し上げてください、と歌ったのであった。おそらく、この歌から想起されるのは帰任の口添えである。もちろん、コネを期待しての。

＊＊＊

〔小説風に〕

大宰帥大伴卿こと、大伴旅人がいよいよ平城京に帰任することになった。平城京で旅人が就任するポストは、なんと大納言。ならば、人事にも関わるはず。地方官として、九州大宰府に平城京から赴任していた官人たちは、けっして口には出さないものの、これはよいコネが出来たと秘かに思っていた。ために、送別の宴は、そんな人びとの思惑もあって、盛大なものとなった。旅人の平城京帰任が決まったその日から、役所では送別会の準備が慌ただしく進められていた。一口に送別会といっても、公的なものから私的なもの、官司別、身分別と数がやたらに多いのだ。数多くの送別会に出席しなくてはならぬ旅人も、たいへんだ。歳はすでに六十六歳。任地・大宰府で妻を失ってからというもの、やはり元気がない。時たま、もう平城京の家には帰りたくないという始末。聞けば、妻のいない家に帰ると、つらいと言うのであった（一五八頁）。そんななか、送別会がはじまった。

大宰府の幹部クラスの送別会は、それはそれはもう華やかで、和歌も漢詩も披露され、山海の珍味がところ狭しと並べられている。最初は堅苦しい挨拶が続いたのだが、宴もたけなわとなると、座談で平城京帰任をうらやむ者の嘆き節が聞かれ、次には自らの不遇をくどくど言いつづける者などが出てくる。やはり、送別会は複雑だ。

そんな折も折、山上憶良が挨拶をすることになった。憶良といえば、無位無官から、その学識が認められ、遣唐使に任ぜられ、トップクラスの地方官になった人物。当代きっての知性派、教養人だ。ただし、齢七十歳、旅人より四つ上だ。旅人が平城京に帰るのなら、憶良も帰りたいはず。一同は、二人が盟友関係にあることを知っているだけに、憶良の挨拶に注目していた。当然、餞《はなむけ》の歌を贈るだろうが、憶良はいったいどんな歌を歌うのだろう。一同注視するなか、憶良は挨拶をはじめた。ただし、期待ははずれ、型どおりの挨拶をする憶良。なぁーんだ、憶良もそんなもんか。そして、挨拶の最後に歌が披露された。すると一同は、呆気にとられた。憶良は、朗々とこう歌ったのである。

都から遠い遠い　鄙に五年も　住みつづけ　都のてぶりも（今は昔）　すっかり　忘れてしまいました　そんなわたしの歌でも聞いて下さいな――

こんなにも　溜息ばかりついているのでございますよ　過ぎてゆく年の限りもわかりませんので　いったいいつまで田舎暮らしが続くやら……

あなた様の　恩寵を賜って　春になったら……　奈良の都に　呼び上げてくださいな　期待

していますよ、よっ！　旅人様！

なんたること、露骨な猟官活動ではないか。が、しかし。多くの人は、やっぱり憶良だ。これが憶良流だと、歌を聞いて、大笑いしはじめた。憶良は、その学殖によって異例ともいえる出世をした人物であるが、名門貴族の出でない悲しさ、苦労も多く、気遣いの人として有名であった。宴会では自ら道化を演じて客を和ませるところがあり、意表を突く歌を披露して座を盛り上げる名人なのだ。これが、まさしく憶良流の気遣い。その憶良が、あなたの「コネ」で私を平城京に戻して下さいねと歌ったものだから、一同は大笑いしたのである。当代随一の教養人の憶良の歌を聞いて、すねていた連中も大笑い。その日は、旅人が中座したあとも、明け方まで皆飲んだということらしい。

ただ、憶良は、若い役人たちが、老人たちに気を遣わないで大酒が飲めるように、早めに帰った。ために、その後のことは、憶良自身も翌々日に聞くしかなかったのであるが……。

官人意識との葛藤

これまでは送る側の憶良の心情について考えてみた。そこで、ここからは送別会の主賓であった旅人とその子・家持の歌について見てみよう。巻三には、天平元年（七二九）の作と推定される大宰府での宴席歌が収載されている（三二八〜三三五）。この歌群の中には有名な、

大宰少弐《だざいのせうに》小野老朝臣《をののおゆあそみ》の歌一首

あをによし
奈良の都は
咲く花の
薫《にほ》ふがごとく
今盛りなり

（あをによし）
奈良の都は……
咲く花が
照り輝くように
今真っ盛り！

（巻三の三二八）

も含まれている。この平城京讃歌に続いて、奈良の都への望郷の情をめぐる歌のやりとりがある。

防人司佑《さきもりのつかさのじょう》大伴四綱《おほとものよつな》が歌二首

やすみしし
我が大君の
敷きませる
国の中《うち》には
都し思ほゆ

（やすみしし）
わが大君が
お治めになる
お国のうちでも……
やはり　都のことが思われるでしょう

藤波の
花は盛りに
なりにけり
奈良の都を
思ほすや君

藤の花は
今が盛りに
なりましたね……
奈良の都を
思っておられるのですか　あなたも――
（巻三の三二九・三三〇）

四綱は一首目で、天皇が治める国のなかでも、やはり都のことが気に掛かると「ホンネ」を述べている。二首目では、眼前の景をとらえて、藤の花は今満開になりました、この花を見ると奈良の都のことが思われますか、あなたは――と歌いかけている。ここでは都の文化は、花に喩えられているのである。この「思ほすや君」を受けて、旅人は次のように答えている（なお、「君」を旅人と解釈するのは契沖『万葉代匠記』以来の通説による）。

帥《そち》大伴卿の歌五首

我が盛り
またをちめやも
ほとほとに

わたしの元気だった頃はね
また戻って来ることがあるのかね
ひょっとして……

奈良の都を
見ずかなりなむ
〈以下、四首省略〉

奈良の都を
見ずに（死ぬんじゃないかとさえ思うよ）
（巻三の三三一）

帥大伴卿とは、大伴旅人のこと。旅人は、若き日に思いを馳せ、青春の日々はまた戻ってくるのだろうか、もう奈良の都を見ずに終わってしまうのではないか、と歌い返している。彼はこの一首に引き続き、吉野（三三二・三三五）・香具山（三三四）などに思いを馳せた歌を歌ったのであった。この場合は、問いかけに対して、素直に「ホンネ」で答えている、といえよう。ところが、これとは反対に、「タテマエ」で答えることもあったようである。石川朝臣足人《たるひと》の帰任の宴の歌と考えられている問答を見てみよう。時に神亀五年（七二八）のことである。

大宰少弐《だざいのせうに》石川朝臣足人《いしかはのあそみたるひと》の歌一首

さす竹の
大宮人《おほみやひと》の
家と住む
佐保《さほ》の山をば
思ふやも君

（さす竹の）
大宮人が
住んでいる……
佐保の山辺が
懐かしくないですか　長官様！

帥大伴卿の和《こた》ふる歌一首

やすみしし
我が大君の
食《を》す国は
大和もここも
同じとぞ思ふ

（やすみしし）
わが大君の
治めていらっしゃる国は……
大和もここも
おんなじですよ！
（役人たるもの　任地の選り好みはいけません）

（巻六の九五五・九五六）

足人も、旅人の邸宅のあった佐保の山（平城京外の西北）のことが思われるでしょう、と四綱と同じように旅人に歌い掛けている。しかしながら、これに対しては「タテマエ」で答えている。旅人は歌う、天皇が統治しているところはどこも同じである、と。この切り返しについては、吉井巖が当時の政治情勢からそっけない表現の意図を探っており、一案を提示しているのが注目されよう（『万葉集全注　巻第六』有斐閣、一九八四年）。対して、近時は大濱眞幸が、旅人の望郷の心が明日香に向かっていることに着目し、その返答の意味を問いかけている（「旅人の望郷歌」神野志隆光・坂本信幸編集『万葉の歌人と作品』第四巻、和泉書院、二〇〇〇年）。どちらも、説得力のある解といえるだろう。ただ、ここで注目したいのは、いずれの理由にせよ、「タテマエ」を歌うこともあった、という事実である。つまり、ホンネを歌うことも、タテマエを歌うこともあったのである。

子・家持の気持ち

ところで、旅人の子である家持も、越中の国司として地方赴任の経験をしている。家持の越中赴任は天平十八年（七四六）である。そのいわゆる越中時代の家持の作品に、次のような表現があることに注目したい。時に、天平勝宝二年（七五〇）の三月八日、それは越中で迎える四度目の春のことであった。

八日に、白き大鷹を詠む歌一首〔并せて短歌〕

あしひきの　山坂越えて
行き変はる　年の緒《を》長く
しなざかる　越《こし》にし住めば
大君の　敷きます国は
都をも　ここも同《おや》じと
心には　思ふものから
語り放《さ》け　見放《みさ》くる人目
乏《とも》しみと　思ひし繁し

（あしひきの）　山坂を越えて来て
移り変る　年月も長く
（しなざかる）　越中に住んでいると
大君の　お治めになる国は
都も　ここも同じだと
心では　思ってはいるのであるが……
語り合い　心を慰めてくれる人が
少ないので　つい物思いにふけってしまう

……〈以下後半部省略〉
〈短歌省略〉
（巻十九の四一五四）

この長歌は、山坂を越えて、長い年月越中に住んでいると、天皇のお治めになる国は、都もこ越中も同じと、心では思っているものの……と歌いはじめられる。いわば「タテマエ」であろう。しかし、「ものから」は逆接の接続助詞であり、心では思っているのだが……語り合い、慰め合う人は少なく、やるせない気持ちはつのるばかりだ、と家持は歌い継いでゆく。その鬱屈した気持ちを慰めるのが鷹狩りである、と家持は長歌の後半で述べているのである。

大久保広行が指摘しているように、当該長歌の冒頭の表現は、父・旅人の「我が大君の食す国は大和もここも同じとそ思ふ」（巻六の九五六）から学んだものであろう（「鄙に在ること―旅人における時空意識―」『国語と国文学』第七十二巻第二号所収、東京大学国語国文学会、一九九五年）。父の「タテマエ」を述べた表現を逆接の助詞につないで、地方赴任者の「ホンネ」を述べているのである。そこにわれわれは屈折した家持の感情を読み取ることができるのではなかろうか。歳月人を待たず、父・旅人が大宰府で歌ってから、すでに二十年余の時が過ぎていた。

都のてぶり

あらためて、「ミヤビ」ということの内実を問いたいと思う。

前掲の憶良歌の「都のてぶり」（巻五の八八〇）という言葉を手がかりにして考えてゆくことにしよう。まず、「てぶり」というからには、手に関わる何らかの動作や所作の様式についていっていることは間違いない。しかし、それは諸注釈が指摘しているように、「てぶり」によって代表される都の風俗や生活習慣を指すのである。この点について、藤原範兼《ふじわらののりかね》が著した歌学書『和歌《わか》童蒙抄《どうもうしょう》』（一一二七年までに成立か）に、「都のてぶりとはふるまひといふぞと古くは申しける」とある。つまり、てぶりとは、ふるまい、行為をいうと説明しているのである。

とすれば、なぜ都の風俗が「てぶり」によって代表されたかが問題となるはずだ。それは「てぶり」のような動作が、変化の激しくかつ微妙な流行であるということを、前提にしているのではなかろうか。だから、憶良は「五年、鄙の地に住んでいると、都のてぶりを忘れた」といっているのであろう。しかも、それは都にいないと習得できない、身体に染みついた場の雰囲気のごとき微妙なものであることがわかる。つまり、五年も地方にいれば、消えてしまうようなものなのである。

今日の六本木などのディスコやクラブで踊られている踊りを想像してみればよい。曲と振りは次々に変り、留まることをしらない。だから、地方の若者は、東京からCDやDVDを送ってもらって練習を重ね、流行に乗り遅れまいと涙ぐましいほどの努力をしている。でも、東京人には、及ばない悲しさ。どこか、何かが、違うのである。やはり、流行は都に行かなければ……。

話を戻すと、当該歌を宴席における歌い出しの謙辞とみる見方がある。つまり、下手な歌ですが聞いてやって下さいな、と自分で自分を卑下した表現だというのである。井村哲夫は、憶良を芸能の徒とみる立場から、「一首は以下二首の弾琴唱歌の枕」として、同様の歌に、次のような歌があるとする（『万葉集全注　巻第五』有斐閣、一九八四年）。

天皇《てんわう》に献《たてまつ》る歌一首〔大伴坂上郎女《おほとものさかのうへのいらつめ》、佐保《さほ》の宅《いへ》に在りて作る〕

あしひきの　（あしひきの）
山にし居《を》れば　山住まいの身（の私め）――
風流《みやび》なみ　風流に欠ける
我がするわざを　わたしの振る舞いをば……
とがめたまふな　お咎めくださいますな
（ご無礼の段　お許し下さい）

（巻四の七二一）

これは、聖武天皇に奉った歌であり、「わざ」の解釈が難しいが、山暮しをしているので、「ミヤビ」のない無粋な「わざ」をしますが、お許しください――という内容の歌である。「わざ」のような無形のものにも「ミヤビ」があり、「ヒナ」にある者がそれを行なう際には、ためらいがあったのであろう（当該歌の場合は、それが山住みで象徴的に表現されている）。つまり、田舎者ですから、無粋なところがあっても、許してやってくださいね、と歌っているのである。「ミヤビ」の内実が、衣食住のすべてに及ぶことは間違いない。そして、それは五官で感じ取ることのできるすべてに及ぶものであろう。服装・化粧・景観、音楽、匂いなどにも、「ミヤビ」が存在していたことは間違いない。さらには「てぶり」「わざ」などの身体技法にも及んでいたことが、これらの歌からわかるのである。無形でいて、移り変りの早い「都のてぶり」、それは都に住む者だけが共有できるものであったのだろう。だから、都の風俗を代表するのである。憶良は、歌いはじめる前に、もう都から離れて五年、流行遅れになっているかもしれませんが、私の歌を聞いてください、という意味を込めて、こう歌ったのであった。

平城京に住む者にしか、わからない感覚、それが「都のてぶり」なのである。平城京は、そんなところだった。

第五章　半官半農の貴族たち、官人たち

田假《でんけ》

平城京の律令制が、今日の官僚制とあまりにも一致点が多いのに、読者諸賢は驚いたかもしれない。どの時代、どの国においても、官僚制というものは、ある程度の共通性を持っているからである。ただ、一方では、それぞれの国、それぞれの時代の特徴というものも、当然ある。

では、平城京の律令官人の社会の一つの特徴は、いったい何か。そう問われれば、私は「半官半農」という点に、集約できるのではないか、と答える。彼らは、春と秋の農繁期には、十五日ずつの休みを取ることが、法律で認められていた。

凡そ在京《ざいきやう》の諸司《しよし》には、六日毎《ごと》に、並に休假《くけ》一日給へ。中務《ちうむ》、宮内《くうない》、供奉《ぐぶう》の諸司、及び五衛府《ごゑふ》には、別《こと》に假《け》五日給へ。百官の例に依らず。五月、八月には田假《でんけ》給へ。分《わか》ちて両番為《つく》れ。各《おのおの》十五日。其れ風土宜しきを異にして、種収等しからずは、通ひて便《たより》に随《したが》ひて給へ。外官は此の限《かぎり》に在らず。

（『律令』〔假寧令《けにやうりやう》　第二十五　第一条〕井上光貞他校注『日本思想大系3』岩波書店、一九七六年）

この条項をみると、平城京に勤める官人は、警備などの特異な任務にかかわる者以外は、六日ごとに一日の休みが保証され、さらには「田假」と呼ばれる五月と八月の農休みが、十五日ずつ保証されていたのである。ただし、中務・宮内・供奉・五衛府は、例外であった。おそらく、以上の官司は、主に警備・公安部門で、六勤一休の定期休を与えることができなかったからであろう。また、おもしろいのは、官人が一斉に休みを取ることで、役所の機能が麻痺してしまわないように、部所ごとに二つのグループに分けて、交互に休みを取らせるよう指導していることである。しかも、「田假」のグループ分けと時期については、官人の耕作地ごとの田植えと稲刈りの時期を配慮して、休みを与えるようにせよ、という条項まで存在する。耕作地の場所が違えば、風土も異なり、農作業の時期があい前後する。したがって、「田假」を与える時期も当然違ってくる、というわけである。

「カリホ」とは

かくのごとききめ細かい規定があるのは、平城京の律令官人が、いわゆる都市生活者であると同時に、都から離れた場所で、「農」に携わる人びとだったからである。ただし、同じ役人であっても、経済力のある貴族は自分で農園（荘園）を経営していたが、多くの下級官人は自らの口分田に赴いて農業をしていたはずである。
ここで問題となるのは、与えられた口分田の場所の問題だ。農地が離れている場合、貴族の荘園なら宿泊可能な立派な建物を建てるであろうが、下級の役人の場合、それは望めない。だとすれば、どうしたか？　その場合、自分の田んぼの側に、自分で仮の小屋を建てるしかない。これが、『万葉集』に出てくる「カリホ」なのである。「カリホ」の出てくる歌を見てみよう。

忌部首黒麻呂《いむべのおびとくろまろ》が歌一首

秋田刈《か》る
仮廬《かりほ》もいまだ
壊《こほ》たねば
雁《かり》が音《ね》寒し
霜も置きぬがに

秋の田を刈る
仮廬もまだ
取り壊していないのに……
雁の音が寒々と
何と霜もふらんばかり——

（巻八の一五五六）

この歌からわかることが、二つある。一つは、「カリホ」は農繁期の間だけに建てられる仮設だったこと。それは、雁がやって来て、霜の降りる晩秋には取り壊されるということの二つである。この年は、思いのほか来雁が早く、いつもの年なら、「カリホ」を解体したあとにやって来るのに、まだその前だというのに雁がやって来たことに作者は驚いたのであった。

ようするに、下級官人たちは農に携わるだけでなく、農繁期に耕作地に宿泊するための仮設的建造物に泊まらなければならなかったのである。これが、「カリホ（仮廬）」であり、また「タヤ（田屋）」、「タブセ（田廬）」と呼ばれる建物である。「カリホ」とは、「カリ・イホ」を略したもので、「イホ」とは小屋のことである。「タヤ」は田に建てられた小屋のこと。「タブセ」とは、田にある「フセヤ」、つまり屋根の低い粗末な小屋のことと考えればよい。これらの仮設的建造物は、収穫期の見張りや、農具・収穫物の一時的保管、農作業時の休憩場所として、利用されていた。特に収穫期には、この小屋に寝泊りする必要がどうしてもあったようなのである。それは、いよいよ収穫という時に、猪や鹿が田を荒すからである。これが、万葉恋歌の比喩として、しばしば登場するのである。

ア
あしひきの
山田作る児《こ》
秀《ひ》でずとも
縄だに延《は》へよ
守《も》ると知るがね

（あしひきの）
山田を作る人さんよ——
穂が出ていなくても
縄ぐらいは張りなよ……
番をしているとわかるようにね——
（そうしないと、あの娘はとられちゃうよ）

（巻十の二二一九）

イ
かむとけの　日香空《そら》の
九月《ながつき》の　しぐれの降れば
雁《かり》がねも　いまだ来鳴かぬ
神奈備《かむなび》の　清き御田屋《みたや》の
垣内田《かきつた》の　池の堤《つつみ》の……
〈以下後半部省略〉

（かむとけの）　日香空の
九月の　しぐれが降ると
雁がねも　まだ鳴かないのにね
神奈備の　清い御田屋の
屋敷内の田の　池の堤の……

（巻十三の三二二三）

ウ
妹《いも》が家の
門田《かどた》を見むと
うち出来《でこ》し
心も著《しる》く
照る月夜《つくよ》かも

いとおしい人の家のね
門田を見ようとね
やって来た――
心はるんるん
ほんとにいい月！（見たいのは月じゃなくて、恋人なんだけど）

（巻八の一五九六）

エ
衣手《ころもで》に

衣の袖にね

水渋《みしぶ》付くまで
植ゑし田を
引板《ひきた》我が延《は》へ
守れる苦し

水渋が付くほどせっせとさ
植えた田んぼを
鳴子の縄を張って
番をするのは疲れるよ（娘に悪い虫がつかないよう
にするのはたいへんだ）

（巻八の一六三四）

このように通覧すると、さまざまな獣の撃退法が万葉歌のなかに、歌われていることがわかる。縄を張る（ア）、垣根を作る（イ）、家の近くに門田を作り見張る（ウ）、鳴子を仕掛けて音で追い払う（エ）などの方法を確認することができよう。その大変さが、娘を悪い男から守る親の苦労の喩えとなっているところがおもしろい。

さらには、火を使って獣を追い払うということも行なわれていた。「カリホ」「タヤ」「タブセ」で、獣を追い払うために火を焚けば、それは「カヒヤ（鹿火屋）」と呼ばれたのである。したがって、「カリホ」「タヤ」「タブセ」「カヒヤ」は、同じような仮設的建造物であった、と考えてさしつかえない。

以上のような方法で、獣を追い払う必要があったのは、居住地と耕作地とが離れていたからである。万葉の時代、口分田の不足という事態がもっとも重大な社会問題であったということについては、多くの史家が説くところである。ために、口分田が必ずしも居住地に近いところに支給されるとは限らず、人びとも、農繁期、なかんずく収穫期には、耕作地に建てられた小屋で生活をしたようなのである。

「カリホ」の生活はつらいよ

この「カリホ」の歌が、巻十に集中的に収載されている。巻十は、「雑歌」と「相聞」を四季分類した巻で、それは天平の宮廷人の歌を集めた巻八の編纂と同じである。ただし、巻八と違うのは、作者未詳歌を中心に編纂された巻である、という点である。登場する地名は、平城京の周辺が多く、平城遷都後、それも比較的新しい歌が多い巻といわれている。作者の名前が伝わらないのは、誤解を恐れずにいえば、巻八の作者層よりも身分的に下級の人びと、平城京の下級官人の歌が多かったからであろう。つまり、下級官人たちは実際に遠隔地にある自らの耕作地に建てられた「カリホ」に寝泊りする必要があり、天平期の下級官人の間で「カリホ」を詠むことが流行していた、と考えられるのである。では、「カリホ」での生活は、歌のなかでどのように語られているのだろうか。

①秋田刈る　仮盧の宿り　にほふまで　咲ける秋萩　見れど飽かぬかも

（巻十の二一〇〇）

②秋田刈る　仮盧を作り　我《あ》が居《を》れば　衣手《ころもで》寒く　露そ置きにける

③秋田刈る　苫手《とまで》動くなり　白露し　置く穂田《ほだ》なしと　告げに来《き》ぬらし〈一に云ふ、「告げに来《く》らしも」〉　（巻十の二一七四）

④秋田刈る　旅の廬《いほ》りに　しぐれ降り　我が袖濡れぬ　乾す人なしに　（巻十の二二三五）

⑤秋田刈る　仮廬《かりいほ》作り　廬《いほ》りして　あるらむ君を　見むよしもがも　（巻十の二二四八）

⑥鶴《たづ》が音《ね》の　聞こゆる田居《たゐ》に　廬りして　我《あれ》旅なりと　妹《いも》に告げこそ　（巻十の二二四九）

①の歌では「カリホ」での生活の慰めが、萩の花を見ることであったことが語られている。②③は「秋雑歌」の「露を詠む」に、分類されている歌である。仮小屋で寝ていると露で衣が濡れるというのであるから、その寒さ、そのわびしさを、旅寝の苦労として語っているのである。④のしぐれが降っても、干してくれる人がいないというのは、家族から離れた淋しさを訴えているのであろう。⑤と⑥は、賀茂真淵『万葉考』が述べているように、問答かもしれない。⑤は愛する男との離別を嘆く女歌である。おそらく、「カリホ」で寝泊りするのは男性が多かったのであろう。⑥が⑤に答える歌であるとすると、作者は旅をしていると妹には答えておいてくださいと

いう男歌になる。④⑤⑥を見ると、旅立つ背と、家に待つ妹という構図が浮かび上がってくる。つまり、②③④⑤⑥は、「カリホ」の生活のわびしさを嘆いた旅寝の孤独を歌う文芸ということができる。

巻十においては、「カリホ」での生活が「寒さ」と「わびしさ」という傾斜を持って語られているということができるだろう。このことは、後述するように巻十六の「タブセ」の文芸と比較すれば、より明確なものとなる。

もちろん、多くの人びとの「カリホ」での生活は、実際にわびしいものであったに違いない。しかし、歌において語られているわびしさが、「旅寝」の「寒さ」や「わびしさ」と重ねられていることに、注意を払わなくてはならないだろう。つまり、そう作者が語れば、聞き手も読み手も同調しやすいのである。なぜならば、多くの下級官人が旅寝の苦しさを知っているからである。ここに、「カリホ」での生活の語りのステレオタイプ化を見て取ることができる。おそらく、秋ともなれば、前述の「田假《でんけ》」によって、官人たちは耕作地に赴いたに違いない。そして、それぞれの「カリホ」での生活を経て、再び平城京に戻ってきたことだろう。戻ってきた人びとは、それぞれの「カリホ」での生活を語り合い、歌を詠んだのである。しかし、体験はそれぞれ個別であっても、歌のなかで語られる生活実感は、一つの傾向を持っていた、と考えられるのである。それを一言でいえば、「旅寝の苦しさ」ということに尽きるのである。

「タブセ」での生活の終り＝至福の時

ところで、巻十六にも、「カリホ」と同じ役割を果す「タブセ」が登場する。河村王が宴会の時には、必ず琴を弾いて歌った歌である、という。

かるうすは
田廬《たぶせ》の本《もと》に
我が背子《せこ》は
にふぶに笑みて
立ちませり見ゆ
〈田廬はたぶせの反《かへ》し〉

唐臼は……
田廬のもとに置いてある！
あの人は……
にこにこにっこり
（伏せているんじゃなくて）立っていらっしゃる
〈田廬はたぶせと読む〉

朝霞《あさがすみ》
鹿火屋《かひや》が下の
鳴くかはづ
偲《しの》ひつつありと
告げむ児《こ》もがも

（朝霞）
鹿火屋の陰の
蛙の声ではないけれど
好きになってしまいましたと……
言ってくれる娘は俺にはいないのかな？

右の歌二首、河村王《かはむらのおほきみ》、宴居の時に、琴を弾《ひ》きて即《すなは》ち先《ま》づこの歌を誦《よ》み、以《もち》て常《つね》の行《わざ》と為す。

（巻十六の三八一七・三八一八）

「以《もち》て常《つね》の行《わざ》と為す」とは、一杯飲めば必ず歌うという十八番であった、と考えられる。「かるうす」＝「カラウス」は、「てこ」の原理を利用して、籾《もみ》を搗《つ》く道具である。杵《きね》と反対側の柄の端を足で踏めば、杵がもち上がり、その足を放せば、杵が臼に落ちて、籾が搗けるのである。「カラウス」が「タブセ」の前に用意されているということは、いよいよ稲刈も終り、収穫物を食べる時になったというわけである。

田植え時から苦労してついに収穫、いよいよ稲搗き、さあ食べるばかり。「我が背子」がにっこり笑って立っている、さあお楽しみの時間を過ごすばかり。つまり、それは至福の景ともいうべきものではなかったか、と思うのである（もちろん、私は当然久しぶりに逢った二人の夜のことをどうしても想起してしまう）。収穫が終わって、その年に採れた米、すなわち「初飯《はついひ》」（巻八の一六三五）を食べるのは、愛する人と初めて結ばれる夜のごとき至福の時間であった、といえるだろう。

至福の時間ということを踏まえると、次のことも暗示されているのではなかろうか。「タブセ」での生活が、旅寝の苦しさであり、恋人たちにとっては別離の時間であった。「タブセ」に「カルウス」が運ばれれば、私のよい男（ひと）が帰ってくる日も近い。つまり、これは実景ではなく、待つ女が「タブセ」から帰ってくる男のことを、思いやった歌というべきであろう。対して、次の歌はもてない男の歌である。「タブセ」で火を焚いて獣を追えば、それは「カヒヤ」、つまり、同じ「タブセ」の下で鳴いている蛙のように、貴男のことをお慕い申し上げます……と言ってくれる女の子はいないものかなぁーというのであるから、現在慕ってくれる女はいないのである。そんな気持ちを逆なでするように、蛙は一晩中鳴いて求愛の気持ちを伝えている。対して、俺様は一晩中火の番だ……と何ともさえない夜をこの男は過ごしているのである。とすれば、一首目は、男を慕う女歌。二首目は、もてない男の嘆き節であるということができる。一首目は、「タブセ」での生活も終りころであろうが、二首目はまだまだ一人淋しく「タブセ」での生活が続いてゆくようである。一首目にもてる男が登場し、二首目にもてない男が登場する。その落差が、酒宴で好まれたのではなかろうか。すなわち、二首目がオチになっているのである。この二首を宴会芸の十八番としたのが男王とすれば、それは自らを落としめる道化の笑いになったはずである。文字通り、鳴り物入りの歌として。

デヅクリコヤの話

さて、「タブセ」のような建造物は、つい五十年ほど前まで、日本の農村に存在していた。それが、デヅクリコヤ（出作り小屋）という建物である。バブル経済華やかなりし一九八〇年代後半、筆者は静岡県の山野を駆け巡っていた。静岡県史の民俗部会の「臨時調査員」になったのである。

当時は、まだ「焼畑」を経験した古老があちらこちらにいた。なかでも、静岡市の井川地区では、戦後まもなくまでは、焼畑が行なわれていた。井川では、焼畑のことをヤマバタとかキリハタと呼んでいた。焼畑を行なう山と、自宅が離れている場合には、デヅクリコヤを耕作地に建てて、農繁期にはそこに寝泊りすることになる。このデヅクリコヤに泊まって仕事をするのは、主に男たちであった。妻や子は、この期間、自宅の周りの田畑を守り、そして慎ましやかに家を守ることになっていた。

古老たちから話を聞いていて、ことに印象的だったのは、収穫した粟《あわ》や稗《ひえ》を背負って帰ってくる父親の姿が、幼年期の思い出とともに異口同音に語られていたことである。重い収穫物を背負って山路を下る父親。それを見たときのえもいわれぬ喜び、そして久しぶりに会った時の「テレ」などを、率直に語っていたのが印象的であった。また、父親の帰りを待ちきれず山路に迷い込み、山中を一昼夜彷徨《さまよ》った話などもよく聞いた。しかし、話は結局、次の内容に集約されていったように思う。父親はいかに重たい荷物を持って長い道のりを歩いたか、それを家族はどれほど首を長くして待ったか。さらには、父親が背負って持ち帰った粟で炊いた粟飯がいかにおいしかったかなど、古老たちは子どもの頃の話を昨日のことのように語ってくれた。

対して、実際にデヅクリコヤでの生活を体験した人の話も聞くことができた。

デヅクリコヤでの生活について語る男たちの話は、およそ三つに分類することができる。

A　一人で山のなかの小屋で過ごすことの恐怖や淋しさにまつわる話。ことに病気の家族を残して、デヅクリコヤに行かねばならなかった時などの人情の機微に関わる話には人情話の趣があった。また、なかには人魂を見たなどの一種の奇譚もあった。

B　畑を荒らしにやってきた猪や鹿、さらには熊と格闘したという武勇伝。こちらは、語る方も、聞く方も楽しい、座談である。

C　採れた粟や稗を担いで家に帰る話。これは、苦労が報われる喜びの時間であったようだ。そして、それはいかに重いものを昔は担いでいたかという自慢話であるとともに、往時をふりかえる苦労話だった。

こういう戦前の思い出話を、孫の世代にあたる二十代の筆者に、古老たちは熱を持って語ってくれたのである。おそらく、万葉の「カリホ」「タブセ」での生活も、これと大差ないものであったろう。

半官半農の人びと

自ら汗を流し、農に携わった者にとって、収穫は至福の時なのである。まるで、久しぶりのデートのように。「半官半農」であるゆえに、「農」との関わり、経験を持ち芸として、宴席で歌う人びと。それは、奈良時代の官僚社会、貴族社会の一つの特質と考えねばならないだろう。

『源氏物語』を読んだ人ならわかることだが、光源氏は地方赴任もしないし、自分の農園に行くこともない。つまり、官農分離が進んでいるのである。

簡単にいえば、奈良時代貴族は、農園経営者であり、平安貴族は農園経営会社の株主として配当金で生活していたといえるだろう。華やかな貴族としての生活のかたわら、自ら農園を経営する貴族。あくせくと働くかたわら、口分田で汗を流し、農繁期には「カリホ」「タブセ」で生活する官人。彼らは、その苦しさを歌い、それが『万葉集』の巻十に残されたのである。それが、半官半農の平城京の役人たちの、いわば嘆き節となって、万葉歌に歌われているのである。

第六章　女性・労働・地方

正倉院の「白布」

正倉院宝物といえば、どんなイメージを持つであろうか。「正倉」とは、公の倉を表す普通名詞だが、今日では奈良時代に東大寺に献品された宝物の代名詞となっている。その場合、具体的には聖武天皇と光明皇后のゆかりの品々である。ある人は、日本工芸の原点であり頂点というかもしれないし、ある人はきらびやかな楽器を思い出すであろう。ラピスラズリ・ガラス・螺鈿《らでん》・フェルト・香木……正倉院の宝物について語ることは、甘美な天平文化の夢を語ることであろう。でも、本章で取り上げるのは、ただの布の話である。

平成十九年（二〇〇七）の正倉院展には、「白布《はくふ》」が出た。「白布」とは、読んで字のごとく白い布のことで、この未使用の麻布の断片八枚を縫い繋ぎ、軸に巻いたものである。調という税として上納され、故あって正倉院に納められた布だ。一枚目の布は、平城京の時代に常陸国筑波郡（現在・茨城県つくば市）から調として納められた曝布の一部である。なぜ、そんなことがわかるかといえば、端に墨書で次のように書かれているからだ。

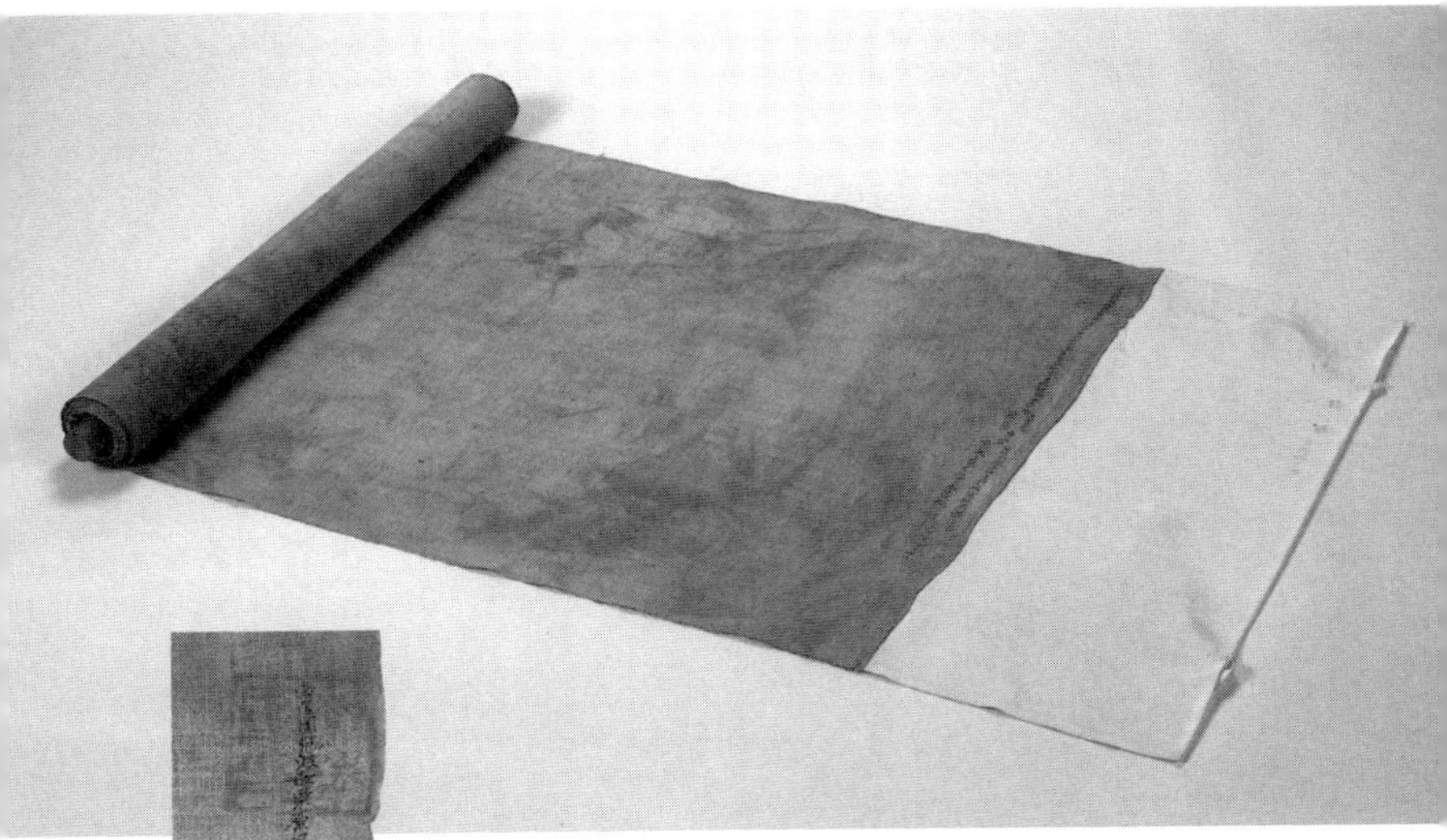

正倉院の白布（調庸の布）
未使用の麻布で、断片八枚を縫い継ぎ、軸に巻いたもの。
一枚目の白布の端に墨書銘が記されている。
左は、それを拡大したもの。
（『「正倉院展」目録』奈良国立博物館より）

常陸国筑波郡栗原郷戸主多治比部小里戸多比部家主輸調曝布壹端

長四丈二尺 廣二尺四寸 專當 国司介従五位上佐佰宿祢美濃麻呂 郡司擬主帳无位中臣部廣敷 天平寶字七年十月

（奈良国立博物館編『第五十九回「正倉院展」目録［平成十九年］』財団法人仏教美術協会、二〇〇七年）

調とは、律令国家が民に求めた税の一つで、いわゆる現物納税である。現物税なので、繊維製品でも鉱産物や海産物でも上納できた。今日、平城宮からは、多くの荷札の木簡が出土しているが、それらの多くは、調として都に送られたものであると推定されている。平城京は、全国から物資が集まるところだった。その全国から集った物資のなかには、東国の白布もあったのである。

正倉院宝物といっても、単なる反物なので地味な出展品だったのだが、布ははるばる東国から献上されたのかぁ、と私は思いをはせた。布の材料である麻の繊維を取り出し、糸を紡いで布を織り、それを川でさらしてこのような布を生産したのは、東国の女たちであった。その東国の女たちの布は平城京に運ばれて、「布袴」「薬袋」「屏風袋」にもなり、時として、唐の玄宗皇帝への献上品ともなったのである。

洗濯する女たち

洋の古今東西を問わず、前近代の社会においては、衣服に関わる家事労働は女性によって支えられていた。逆にいえば、女性に独占されていた。そして、衣に関わる労働の多くが、水辺における女性労働であり、それも半裸の労働であった。糸から布へ、布から衣へ、さらには洗濯という女性労働は、屋内労働と水辺での野外労働の反復によって成り立つものであった。衣の生産活動は、今日われわれが予想する以上に、水に関わる集団的、共同的労働だったことがわかる。平城京の時代に献上された『古事記』には、こんな話が伝わる。

　また一時《あるとき》天　皇《すめらみこと》遊行《い》でまし、美和河《みわかは》に到《いた》ります時に、河の辺《へ》に衣《きぬ》を洗ふ童女《をとめ》有り。其《そ》の容姿《かたち》いたく麗《うるは》し。天皇其の童女を問《と》ひたまはく、「汝《な》は誰《た》が子《こ》ぞ」ととひたまふ。答へて白《まを》さく、「己《おの》が名は引田《ひけた》部赤猪《べのあかゐ》子《こ》と謂《い》ふ」とまをす。尓《しか》して詔《の》らしめたまひしくは、「汝《なれ》、夫《を》に嫁《あ》はずあれ。今喚《め》してむ」とのりたまひて、宮に還《かへ》り坐《ま》しつ。

（「下つ巻〔雄略天皇〕　引田部赤猪子」中村啓信訳注『新版　古事記（現代語訳付き）』角川学芸出版、二〇〇九年）

　またある時に、（雄略）天皇はお出かけになって、美和河に行かれた。その時のこと、河辺に衣を洗う乙女がいた。その容姿のなんとも美しいこと。天皇は乙女に、「おまえは誰の子だい」と問いかけた。すると答えて、「私の名は引田部赤猪子と申します」と（乙女は）言上した。そこで、天皇は、使いの者に、「おまえさんはね、結婚しないで待っておくれ、ほどなく宮廷に召し入れたいからね」と仰せになって、宮にお帰りになったのである。

（筆者訳）

ところが、雄略天皇は気まぐれなもの、この乙女のことを忘れてしまった。乙女は待ちに待って、おん年八十歳になった。さすがの天皇も老婆となった彼女とは結婚することはできないので、待った引田部赤猪子にたくさんの褒美を取らせて、家に帰したとある。ここで重要なことは、天皇が洗濯をする女を見初めたということである。洗濯をする女性を男性が見初めるということがあったのであろう。以上の点を踏まえて、さらに『常陸国風土記』の「曝井」の記事を見てみよう。

そこより南に当《あた》りて、泉坂《いづみさか》の中に出《い》づ。多《さは》に流れて尤清《いときよ》く、曝井《さらしゐ》と謂《い》ふ。泉に縁《よ》りて居《す》める村落《むら》の婦女《をみな》、夏の月に会集《つど》ひて、布を浣《あら》ひ曝《さら》し乾《ほ》す。

（『風土記』〔常陸国風土記　那賀の郡〕植垣節也校注・訳『新編日本古典文学全集』小学館、一九九七年）

特定の泉が女たちの集う場所であったことがわかる。「洗濯話」や「井戸端会議」に代表されるように、女たちは水辺に集い労働をしたのである。そうすれば、当然、男たちの視線を集めるはずである。男たちにとって、常陸の曝井は、いわば女たちを見る「名所」であったようだ。

那賀郡《なかのこほり》の曝井《さらしゐ》の歌一首

三栗《みつぐり》の
那賀に向かへる
曝井の
絶えず通はむ
そこに妻もが

（三栗の）
那賀の向かいにある
曝井ではないけれど
さらにさらに絶えることなく通って行こーっと……
そのなかに、いい子がいたらいいのになぁ！

（巻九の一七四五）

「そこに妻もが」とは、その女たちのなかに将来に我が妻となる人はいないかなぁーという意味である。

さて、布曝しや洗濯という女性労働に注がれる男の視線を語るときに必ず想起される話がある。それは『今昔物語集』の「久米仙人《くめのせんにん》、始造久米寺語第二十四《はじめてくめでらをつくれること》」である。久米の仙人が、いわゆる「験力」を失った理由が、次のように語られている。

後ニ、久米モ既ニ仙ニ成テ、空ニ昇テ飛《とび》テ渡ル間、吉野河ノ辺《ほとり》ニ、若キ女衣《きぬ》ヲ洗《あらひ》テ立《た》テリ。衣ヲ洗フトテ、女ノ肺脛マデ衣ヲ掻上《かきあげ》タルニ、肺ノ白カリケルヲ見テ、久米心穢《けが》レテ、其女

川辺で洗濯する女たち。（『扇面法華経』より）

ノ前ニ落《おち》ヌ。……

（『今昔物語集』（巻第十一　久米仙人始造久米寺語第二十四）池上洵一校注『新日本古典文学大系』岩波書店、一九九三年）

兼好は、この話について、「世の人の心まどはす事、色欲にはしかず。人の心は愚かなるものかな。」（新潮日本古典集成本『徒然草』第八段）と評している。おそらく、多くの人びとが洗濯といえば、腰まで裾をたくし上げた女たちの姿を連想したのではなかろうか。けれど、それは繰り返し述べたように、ある程度社会的に許容された裸であった、と思われる。しかし、神ならぬ身の俗人の俗人たるところ、あらぬ妄想を抱くこともあったに違いない。そこに、この話の妙もある。

麻と女の古代

何よりも麻は古代の衣生活の中心となっていた素材であった。

そこで、麻を事例として、その労働を万葉歌（①〜⑯）・祝詞（⑰）・風土記（⑱）で通覧してみよう、と思う。ただし、⑰は菅であるが、菅も麻と同様に繊維が取り出され、その労働工程はほとんど変らないと判断し、例に入れることにした。

①　藤原宇合大夫《ふぢはらのうまかひだいぶ》、遷任《せんにん》して京《みやこ》に上《のぼ》る時に、常陸娘子《ひたちのをとめ》が贈《おく》る歌一首

庭に立つ　麻手《あさで》刈り干し　布さらす　東女《あづまをみな》を　忘れたまふな

（雑歌　巻四の五二一）

②　麻衣《あさごろも》　着《け》ればなつかし　紀伊《き》の国の　妹背《いもせ》の山に　麻蒔《あさま》く我妹《わぎも》

右の七首は、藤原卿《ふぢはらきやう》の作なり。未だ年月を審《つばひ》らかにせず。

（雑歌　藤原房前か　巻七の一一九五）

③　今年行く　新島守《にひしまもり》が　麻衣《あさごろも》　肩のまよひは　誰《たれ》か取り見む

（雑歌　臨時に作る歌十二首　古歌集所出歌　巻七の一二六五）

④　かにかくに　人は言ふとも　織り継がむ　我が機物《はたもの》の　白き麻衣《あさごろも》

（雑歌　譬喩歌　巻七の一二九八）

⑤　那賀郡の曝井の歌一首

三栗の　那賀に向かへる　曝井の　絶えず通はむ　そこに妻もが

（雑歌　巻九の一七四五）

⑥　足柄の坂に過《よき》るに、死人を見て作る歌一首

小垣内《をかきつ》の　麻を引き干し　妹《いも》なねが　作り着せけむ　白たへの　紐をも解かず　一重結《ひとへゆ》ふ　帯を三重結《みへゆ》ひ　苦しきに　仕《つか》へ奉《まつ》りて……〈以下後半部省略〉

⑦　桜麻《さくらあさ》の　麻生《をふ》の下草　露しあれば　明かしてい行け　母は知るとも

（挽歌　巻九の一八〇〇）

（寄物陳思　巻十一の二六八七）

⑧ 娘子《をとめ》らが　績麻《うみを》のたたり　打ち麻《そ》掛け　倦《う》む時なしに　恋《こ》ひ渡るかも

（寄物陳思　巻十二の二九九〇）

⑨ 桜麻《さくらあさ》の　麻生《をふ》の下草　早く生《お》ひば　妹《いも》が下紐《したびも》　解かざらましを

（寄物陳思　巻十二の三〇四九）

⑩ 夏麻《なつそ》引《び》く　海上潟《うなかみがた》の　沖つ渚《す》に　船は留めむ　さ夜更《ふ》けにけり

（東歌　上総国　巻十四の三三四八）

⑪ 筑波嶺《つくはね》に　雪かも降らる　いなをかも　かなしき児《こ》ろが　布乾《にのほ》さるかも

（東歌　常陸国　巻十四の三三五一）

⑫ 多摩川《たまがは》に　さらす手作り　さらさらに　なにそこの子の　ここだかなしき

（東歌　相聞　武蔵国　巻十四の三三七三）

⑬ 上野《かみつけの》　安蘇《あそ》のま麻群《そむら》　かき抱《むだ》き　寝《ぬ》れど飽かぬを　あどか我《あ》がせむ

（東歌　相聞　上野国　巻十四の三四〇四）

⑭ 庭に立つ　麻手《あさで》小衾《こぶすま》　今夜《こよひ》だに　夫寄《つまよ》しこせね　麻手小衾

（東歌　雑歌　未勘国歌　巻十四の三四五四）

⑮ 麻苧《あさを》らを　麻笥《をけ》にふすさに　績《う》まずとも　明日着《き》せさめや　いざせ小床《をどこ》に

（東歌　相聞　未勘国歌　巻十四の三四八四）

⑯ 〈前半部省略〉……刺部重部　なみ重ね着て　打麻《うちそ》やし　麻績《をみ》の子ら　あり衣《きぬ》の　宝の子

らが　うつたへは　綜《へ》て織る布　日ざらしの　麻手作りを……〈以下後半部省略〉
（竹取翁の歌　巻十六の三七九一）

⑰〈前半部省略〉……大中臣天《おほなかとみあま》つ金木《かなぎ》を本《もと》打ち切り、末《すゑ》打ち断ちて、千座《ちくら》の置き座《くら》に置き足《た》らはして、天《あま》つ菅《すが》そを本苅り断ち、末苅り切りて、八針《やはり》に取り辟《さ》きて、天《あま》つ祝詞《のりと》の太《ふと》祝詞事《のりとごと》を宣《の》れ。
（「祝詞　六月晦大祓」青木紀元『祝詞全評釈』右文書院、二〇〇〇年）

⑱麻打山《あさうちやま》。昔、但馬《たぢま》の国の人、伊頭志《いづし》の君麻良比《きみまらひ》、この山に家居《ゐ》しき。二の女《ふたりをみな》、夜麻を打つに、すなはち麻を己が胸に置きて死にけり。故《か》れ、麻打山と号《なづ》く。今に、この辺《へ》に居《す》める者、夜に至らば麻を打たず。俗人《くにひと》、「讃伎《さぬき》の国」とも云《い》ふ。
（『風土記』〈播磨国風土記　揖保の郡　麻打山条〉植垣節也校注・訳『新編日本古典文学全集』小学館、一九九七年）

以上を麻に関わる労働の工程に沿って、整理して示してみることにする。

蒔く……②（俗に「麻百日」といわれるほど成長が早い）
育てる……⑦⑨（下草刈り）、①⑥⑭（庭での栽培や刈干しも）
引く……⑥⑩⑬（夏に麻を引き抜き、紡ぐ）
刈る……①

刈干し……⑬（引き抜く様子、運搬する様子）、①⑥（垣内や、庭での刈干し）、⑰（当該祝詞は苣であるが、本を断ち、末を切って、刈り取って干し、繊維を取り出すことを歌っている）

麻打ち……⑧⑯⑱（繊維を叩きほぐし、「麻苧《あさを》」を取り出すために打つ。「麻苧」は紡ぐ前の麻の繊維のこと）

曝す・干す……①⑤（この作業で麻は白くなってゆく）

紡ぐ（績み麻をなす）……⑧（麻の繊維を紡いで糸を作る。その時「たたり」に糸を懸けてゆく）、⑮（「麻笥《をけ》」は、績《う》んだ麻苧《あさを》を入れる容器）

織る……④（当該歌は男性に贈る衣）

布打ち……⑯（「打《う》ちし栲《たへ》」は、布を柔らかくし、光沢をだすために打つ行為）

布曝す・布干す……①⑤⑫⑬⑯（布打ち・布曝し・布干しの反復）

衣を作る（仕立てる）……⑥（当該歌は旅衣を妹が仕立てること）

以上のように見てゆくと、「刈る」「干す」「麻打ち」「紡ぐ」「織る」「布打ち」「衣作り」さらには「解き洗ひ」の各段階で、「曝す」「干す」「洗ふ」という作業が繰り返されることがわかる。それらの労働は、多く特定の水辺で行われたのである。不純物を除去し、繊維を均一化し、光沢を出す。あるいは、漂白し、皺を取り、汚れを取り除くために、女たちは水辺の労働に従事したのである。

『木綿以前の事』のこと

そこで、以上の点を踏まえて、麻と木綿を比較してみようと思う。麻が、古代から中世までの衣生活の中心となる繊維であったのに対して、木綿は中世以降の衣生活の中心である。木綿の登場は、初期の民俗学が着目したテーマの一つであると同時に、すぐれて社会経済史的問題でもある。

柳田国男『木綿以前の事』は、衣生活から見た女性史として読むことのできる著作である（創元社、一九三八年。初出一九二四年）。柳田は、木綿の着やすさ、暖かさ、外に表れる身のこなし、丸みを帯びたラインの登場を評して、「木綿の幸福」といっている。柳田は、まるで木綿の暖かさに、民俗学が研究対象とした「故郷」の暖かさを重ねあわせているようだ。対して、永原慶二の『新・木綿以前のこと』は、衣生活から見た社会経済史というべきものである。永原は、木綿の登場を社会経済史上の一つの革命と捉えている。そして、衣生活の中心が、麻から木綿へ移ったことに関して、次のように述べる。

衣生活における麻の時代と木綿の時代とでは、以下詳しく考察してゆくが、非常に大きなちがいがあった。麻の時代の民衆の衣生活は、原料植物の栽培から紡績・織布にいたるまで、全体として未分化で自給性が強い上、一反の生地を作りあげるまでの手間は非常に多くを必要とした。

（永原慶二『新・木綿以前のこと』中央公論社、一九九〇年）

近世以降、綿花や糸などの半製品段階において流通した木綿は、技術が集約されて技術革新が起きやすく、したがって投機性も高い商品作物であった。だから、木綿は軽工業発達の糸口となった、と永原は述べている。つまり、工業製品としての衣服は、木綿からはじまるのである。民俗学者の見た木綿と、社会経済史学者が見た木綿は、かくも違うのである。永原は、麻の生産を木綿と比べて次のようにいっている。

苧麻布の生産が、白布の場合でも、きわめて能率の悪い、婦女たちにとっては苛酷な労働と長時間の忍耐を要求される作業であって、秋から冬を過し春になるまで織りつづけても、やはり三〜四反程度、よほど能率を上げても五反をこえることが容易でなかったことはまずまちがいないであろう。

してみると、一農家の生産量三〜五反を基準として、自家用、年貢分を確保するとすれば、直接の織布生産者がそれ以上に余分なものを織り出し、独自に商品化できるものを生みだすことは、きわめて困難だと見なくてはならない。

（同）

つまり、麻は自給性が強く、木綿は商品性が強いのである。やや情緒的にいえば、麻衣は、栽培から縫製まで、着る相手のことを思い浮かべながら作られた愛の結晶である、ということができる。なぜならば、女たちは三~五反の衣しか作ることができなかったからである。以上のような古代の衣料の事情を考えると、衣が家族や男女間の絆として歌われる背景も、容易に理解できるのではなかろうか。男たちは、それぞれの衣に袖を通すとき、その衣に集積された女たちの「テマ」「ヒマ」「ワザ」を想起したことだろう。そんな女たちの労働を歌った歌がある。

常陸娘子の歌

常陸守兼按察使《ひたちのかみけんあぜち》に、藤原宇合《ふじわらのうまかい》が任命されたのは、養老三年(七一九)の七月のことであった。平城京の名門貴族・藤原氏の御曹司も、現在の茨城県に地方赴任したのである。

その御曹司・宇合も、無事に任期を全うし、帰任することになる。ただし、残念なことに、彼の帰任の年を確定することは、今日いまだにできていない。当時の国司の任期を考えれば、四年から六年は、常陸勤務をしたはずである。そして、晴れての平城京帰任。当然、送別の宴が催されたのであった。その宴に侍《はべ》った女性のひとりに、常陸娘子《ひたちのおとめ》という女性もいたはずである。彼女は、こう歌ったのであった。

藤原宇合大夫、遷任して京に上る時に、常陸娘子が贈る歌一首

庭に立つ
麻手刈り干し
布さらす
東女を
忘れたまふな

庭に立って
麻を刈り干しして
布にしてさらすような――
田舎女でも　東女を……
お忘れくださいますな　けっして、けっして
（巻四の五二一）

当然、常陸は国名。対して、「娘子《おとめ》」は、若い女性に対する呼称である。しかし、これは、たいへん不思議な言い方ではないか？　なにせ、特定の人物を「茨城県のお嬢さん」と呼ぶようなものである。この人物は、いったいいかなる人物だったのであろうか。わたしは、今でいうなら「ミス常陸」というような言い方だった、と推測している。なぜなら、地名を冠したこの呼称法には、その土地を代表するという意味合いが込められている、と考えられるからである。「常陸娘子」は、「ミス常陸」にあたるのではないか。とすれば、送別の宴会には、その土地を代表する美女が侍したのではないだろうか。

宴席に侍る美女ということになれば、この女性は遊女だった可能性が大きくなる。その常陸娘子は、宇合に対してこう歌いかける。麻を刈ったり、干したりするような「あずまおんな」をお忘れくださいますな――と。しかし、これは表の意味にしか過ぎない。

このように自分を卑下しつつ、お忘れ下さいますな、というような女歌の表現は、じつはたい

へん微妙な歌いまわしなのである。なぜならば、これは、一夜のなじみになった客を、朝、遊女が部屋から送り出す時に歌う歌の常套的表現だからである。歌謡の類型表現からみると、そうなってしまうのである。ミヤコに帰っても、わたくしめを思い出してくださいまし、またお立ち寄り下さい、というように。

ただし、宇合を弁護するために、ここではもうひとつの読みを示しておきたい。宴会のざれ歌というものは、そういうものなのである。つまり、宴の主役の宇合をわざと困らすために、たとえ客でなくてもそう歌う可能性が大きいのである。宴会の歌というものは、そうやって囃したてて歌い、場を盛りあげるものなので、宇合と常陸娘子の関係を軽々に論じることはできない。

私がこの歌で注目したいのは、常陸娘子が自らを卑下して、「田舎女」ということを強調するために、麻に関わる労働を歌い込んだことである。古代においては、衣服に関わる生産活動、麻の種まきから刈り取り、繊維の取り出し、糸紡ぎ、織り、仕立てにいたるまで、すべて女性労働であった。

では、なぜ「東女」と「麻」が結びつくのか？　それは、麻が東国の特産品の一つだったからである。当時、東国からは、税として多くの麻がミヤコに献納されていた。つまり、ここで常陸娘子が麻の刈り干しを歌ったのは、それが東国の田舎女の代表的労働だったからなのである。「田舎女といえども、なじみの仲ではないか、お忘れ下さいますな」というわけである。この歌を送別会で聞いたときの宇合の表情やいかに？　まわりは、やんやの喝采だったことであろう。

さらす手作りさらさらに

『万葉集』の巻十四は、東国各国の歌がほぼ国別に収載されている。地域別にまとめられた歌々には、明らかに東国なまりと認められる言葉が含まれている。「東歌」に作者はいるのか、「東歌」は東国地方の古代民謡かなどという点については、研究者によっても議論が分かれるところであるが、ただいえることは、きわめて異彩を放つ巻であり、歌々であるということだけである。その東歌から、布曝しの歌をご紹介したい。

多摩川に
さらす手作り
さらさらに
なにそこの子の
ここだかなしき

多摩川に
さらす手づくりではないれど
さらにさらに……
どうしてこの子が
こんなにも恋しいんだろう――

（巻十四の三三七三）

多摩川は、東京都の西多摩に発して東京湾に注ぐ、関東の人なら誰でも知っている、あの多摩川である。その多摩川での布曝しを読み込んだ歌が、『万葉集』には伝わっているのである。

織った布を川で曝し、砧《きぬた》で打って干す、そしてまた曝す……という労働を繰り返さないかぎり、光沢のある柔らかい布はできません。川に入って布を曝すこの子が、どうしてこんなにもいとおしいのか……という男の嘆き歌である。

もちろん、もう気づいた読者も多いと思うが、「多摩川にさらす手作り」までは、「さらさらに」という言葉を引き出すための序であって、この部分を実態と見ることはできない。しかしながら、「多摩川にさらす手作り」の部分も含めて、この歌の詩的イメージはかたち作られているのもまた事実である。まるで、二重写しの映像のように。ために、私は、川のなかで働いている「この子」をイメージしながら歌を解釈してもよい、と考えている。そうしないと、詩の全体像を見失ってしまうだろう。むしろ、序の川で働く女性の景と、男性の「ここだかなしき」という情を二重写しする詩的イメージが、どう形成されたのか、ということを考えた方が、より生産的な議論になるのではないか。考えなくてはならないのは、なぜ、いとおしく思えたのか、ということの方であろう。

それは、布曝しが、過酷な労働だったからであろう。しかしながら、布を曝す女をいとおしく思うというのは、男が恋をしているからにほかならないだろう。

男目線で女性労働を歌う

このように女性労働を、男の視線で歌う東歌は他にもある。それは、とりもなおさず労働の分業がはっきりしていて、衣服生産に関わる労働、若菜摘みなどの採集に関わる労働、水汲みなどの労働は、みな女性労働だったからである。ために、その姿を男目線で歌うのだ、と私は考えている。もう一つ、これも人気のある東歌を紹介しておきたい、と思う。

筑波嶺に
雪かも降らる
いなをかも
かなしき子ろが
布乾さるかも

筑波のお山に
雪でも降ったのかな
違うかなぁ
いとしいあの子が
布を干しているのかなぁ！

（巻十四の三三五一）

いかにも大げさなたとえが、民謡的といわれてきた歌である。いわんとするところは「筑波嶺に雪が降ったんじゃない！　あれはいとおしい俺の彼女が布を干しているのだ」というところにある。しかし。まさか干してある布と、雪を間違える人はいないはず。それは、最後のオチへの導線となっているのである。言わんとするところは「やっぱり、あの子がいとおしい」というところに、当然あるのであろう。

紡ぐ労働

これまでの歌は、麻を刈る・天日に干す・水に曝すという労働であったが、さらには糸を紡ぐ、という労働もある。次の歌も、男目線で、女性労働を歌う歌である。

麻苧らを
麻笥にふすさに
績まずとも
明日着せさめや
いざせ小床に

麻の緒をね
麻笥いっぱい
紡いだとして……
明日それが着られるわけでもありますまいな
だから　小床に一緒に入ろうよ——

（巻十四の三四八四）

「明日着せさめや」は、「明日着るわけでもないでしょう」という意味であるが、それはあたりまえのことだ。数ヶ月単位で糸を紡ぎ、それをまた数ヶ月単位で織って、さらに一ヶ月近く水に曝したり干したりしてやっと布ができたとしても、そこから仕立てるわけであるから、「アサヲ」が明日服になるなどということは絶対にあり得ない。そこにこの歌のユーモアの仕掛けがあるということは、わかるであろう。

「小床」は寝床のことをいう。「いざせ」は「さぁ、何かしよう」という意味である。ここでは、当然「共寝」ということになる。なんとも、露骨な表現！

以上を総合して解釈すると「今日の仕事はそのくらいで切り上げて、共寝をしようよ？」ということになる。おそらく、糸紡ぎに余念のない女性に歌い掛けたのであろう。

私は、こういった歌は、個人が個人に対して歌いかけたものというよりは、女たちをからかう男たちの歌であると考えるのがよい、と考えている。つまり、集団で歌われた歌である、と考えたいのである。働く女たちのもとに、男たちは集団で現れ、チョッカイを出すのであろう。女たちを挑発する歌だ、と私は考えている。もちろん、女たちも負けてはいなかったはずである。そうして、男女は互いに歌を掛け合って、じゃれあって遊んだのだ、と思う。だから、歌のなかで「いざせ小床に」というような露骨な性の表現ができるのである。

ふたたび正倉院の「白布」のこと

冒頭に述べた正倉院の「白布」は、常陸国筑波郡栗原郷からはるばる運ばれてきたものであった。その上納者の名前も書かれている。また、この布を納めた「国司」と「郡司」の名も書かれており、献上された日付も天平宝字七年（七六三）と記されている。しかし、麻を育て、糸を紡ぎ、それを川の水に曝した女たちの名は、まったく記されていない。それは、当時の女性の地位の低さから、あたりまえのことなのだが、私は万葉歌を知るだけに、愛おしく、そして切ない。

私は、正倉院の宝物品のすばらしさとは何ですか、と人から聞かれると次のように言うことにしている。それは、八世紀を生きた聖武天皇と光明皇后の日常用品が一括して保存されていることがすばらしい。なぜならば、そこから、八世紀の東アジアを生きた帝王の生活が類推できるからである、と。もう一つは、その帝王の生活を支えた調達物資も残されていることである、と。実は、そういう宝物は世界のどこにもないのである。はっきりいえば、ヨーロッパの王家の所有する財宝からみれば、正倉院宝物などがらくたにすぎない。しかし、右の二点を備えた宝物は、正倉院にしかないのである。私は、聖武天皇と光明皇后の「愛と平和の博物館」だとしゃれていうことにしている。正倉院には、軍隊で略奪した財宝などないのである。

女たちが丹精込めて作った「白布」は、調として納められ、はるばる平城京にやって来た。が、しかし。なんらかの理由でそれは使用されずに残されて、正倉院の中倉に保管されて今日に至った。まことに地味といえば地味な正倉院宝物である。けれども、この「白布」こそ奈良の正倉院宝物の一つの性格を表しているのではないか。地方と平城京を繋ぐ宝物という意味において。古代の女性と地方を語ることは史料的制約が大きく、困難を伴うが、私は古代の布を見るたびに、水辺で働く女たちのことを思い起す。

第七章　平城京の庭を覗く

復元された東院庭園に足を運べば……

外国から日本にやって来る観光客のお目当ての一つは、日本庭園の鑑賞である。名園の多くは、京都に集中しているので、庭園といえば京都と考える人は多い。京都の「庭園」は世界的に有名だ。しかし、その源流は平城京に遡り、さらには明日香へと遡る。つまり、庭園は都の文化なのである。都の庭園は、国家的儀式や外国からの賓客をもてなす場であり、立派な庭園を持つことが、国家の文化的ステータスを表しているのである。ただし。平城京の名園は、現在地下にある。『続日本紀』等の文献によって、奈良時代にその存在が確認できる庭園で、すでに発掘確認されて、復元された庭園がある。それが、平城宮の東院庭園である。平城宮の東地域のまさに「東院」にあるこの庭園は、後に「楊梅宮《ようばいきゅう》」と呼ばれたようである。観光客がここを訪れることはごく希だが、私はこの復元された庭を歩くのが好きだ。なんだか池の大きさが大きすぎず小さすぎず、心なごむ大きさで……歩くと不思議な心地よさを得ることができる庭なのだ。それは、ありのままの自然というよりも、人工的に造られたあるべき自然というべき自然だが、なぜか私にとってはほっとする空間なのである。大自然のなかを歩くのとは、また違った心地よさがここにはあるのである。この「東院」と「楊梅宮」に関する略年表をここに掲げて、まずはかの庭について考えてみよう。

〔東院関係略年表〕

七一〇年　平城京に遷都する。
七四五年　再び平城京を都とする。
七五四年　一月、東院に天皇が出御し叙位をおこなう。
七六七年　一月、東院に天皇が出御し叙位をおこなう。
　　　　　二月、東院に天皇が行幸し、出雲国造の神賀詞奏上の儀式をおこなう。
　　　　　四月、瑠璃瓦を葺き、美しく彩色した東院玉殿が完成。
七六九年　一月、東院に天皇が出御し、宴会を催す。
七七〇年　一月、東院にて宴会。
七七二年　十二月、彗星があらわれ、楊梅宮で斎会をおこなう。
七七三年　二月、楊梅宮が完成し、天皇がここにうつる。
七七四年　一月、楊梅宮で宴会が催される。
七七五年　一月、楊梅宮で宴会が催される。
七七七年　六月、楊梅宮の南の池で、一本の茎に二つの花をつけた蓮が咲く。

復元後の平城宮東院庭園
（『東アジアの古代苑池』奈良文化財研究所 飛鳥資料館）

七八四年　長岡京に遷都する。

（箱崎和久「復元された東院庭園隅楼」、第八十八回奈良文化財研究所公開講演会資料より、二〇〇一年六月十六日）

この空間が、位を授ける叙位や、出雲からはるばるやって来た出雲国造の祝福の辞奏上の儀式、さらには、今日の園遊会にあたるような宮中での宴会が行われた空間であったことは、こう年表に整理してみると一目瞭然であろう。庭といっても儀礼の場であり、宴といっても公的な宴の場である。

樹々の植えられた小径を巡ると、池には島や石積が見える。さらに小径を行けば、南の隅には「隅楼《すみろう》」と呼ばれる楼閣があり、池の中央には、平安期の釣殿の源流とおぼしき建物が浮かんでいる。そして、ここを訪れた誰もが、この建物での宴会はさぞや風流な宴だっただろうと思いをはせ、この建物でどんな楽や舞が披露されたのであろうかと夢想する。庭の小径のアクセントになる反橋や水の流れを見る蛇行した水路のすべてが、かの庭園が外界とは違う「晴れの空間」であることを主張してはいるのだが、どこか心落ちつくところがある、いわく言いがたい空間なのである。こういう空間が、平城宮の中にあったのである。

いわゆる「庭園」について

おりしもこの十年、古代の庭園の発掘が相次いでいる。飛鳥京跡苑池遺構や平城宮東院庭園、阿弥陀浄土院庭園、さらには長屋王邸宅の「庭園」は、我々に万葉時代の庭園文化の一端を明らかにしてくれた。しかしながら、それらの「庭園」は、平城宮や寺院に付随するいわば公の「庭園」である。対して、平城京内に宅地の配分を受けた貴族や官人などの平城京生活者の宅に設けられた「庭園」については、史料も少なく、発掘事例も皆無に等しい。こういった「庭園」については、むしろ『万葉集』が、その様子を伝える第一級の史料になるのである。史書に名を残す「庭園」だけが、奈良時代の「庭園」ではない。私的な個人の庭もあったはずだ。個人の起居する宅に付随する「庭園」であり、それは最も身近な私的遊覧の空間である、ということができる。なお、本章で用いる「庭園」という用語について、その定義をはじめに明らかにしておこう。「庭園」という用語は、近世以降に使われはじめた比較的新しい言葉であるが、本章では『万葉集』に見られる次の四語を総合した分析用語、いわば一つの概念を表す言葉として用いることにする。


シマ……十五例、池や築山を中心とする人工的な遊覧の空間。

ソノ……二十一例、食用植物が植えられている人工的な遊覧の空間。

ニハ……三十一例、祭祀や儀礼、労働の空間にも利用され得る遊覧の空間。

ヤド……九十五例、「屋外」「屋前」「屋庭」と表記される建物に付随する遊覧の空間。

もちろん、右記の説明は原義を述べたものに過ぎず、実際にはその機能やあり方はほとんど重なっていると見てよい。ちょっとまとめてみると、人が遊覧を目的として（①）、地形に手を加え（②）、植物を植えたり（③）、特定の動物・昆虫を餌付けまたは飼育したり、特定の鳥の飛来を楽しむ空間（④）、ということができる。そこで、『万葉集』や『懐風藻』から代表的な例を挙げておこう。そうすれば、古代の「庭園」の楽しみ方がよくわかるだろう。

① 花を見る（巻三の四六四）／紅葉を見る（巻十九の四二五九）／月を見る（巻二十の四四五三）

② 池がある（巻三の三七八）／池に島がある（巻二の一八〇）／築山がある（「五言。宝宅にして新羅の客に宴す」『懐風藻』）／あずまやがある（巻八の一六三七）

③ 橘を植える（巻三の四一一）／梅を植える（巻三の四五三）／藤を植える（巻八の一四七一）

④ 鳥を飼育する（巻二の一八二）／うぐいすの飛来を楽しむ（巻二十の四四九〇）／ほととぎすの飛来を楽しむ（巻八の一四八〇）／コオロギの音を楽しむ（巻八の一五五二）

まさに、四季折々の楽しみを極め尽くす空間ということができるのではないか。ということは、すでに奈良時代に、「庭園」を楽しむ文化が成熟していたと考えられよう。しかも、それは宮廷の中だけでなく、私宅でも楽しまれていたようなのである。

家持の庭、なでしこが妻の庭

天平感宝元年（七四九）の夏、大伴家持は憂鬱な時を過ごしていた。それは、越中に赴任をして三年目のこと。国司の任期は四年であるが、今日と同じく裁量権の運用によって、五年に延びる場合もあれば、六年に延びる場合もあったのである（九四頁）。しかし、三年を過ぎれば、官人たる者、平城京への帰任を意識しだしたはずだ。家持の望郷の思いは募るばかり。都には、将来を頼む橘諸兄がおり、我が懐かしき家族と同胞、知己が居る。その中でも、思いが募るのは……妻・大伴坂上大嬢《だいじょう》のことである。そんな中で、家持は次のような歌を詠んでいる。

庭中の花の作歌《うた》一首〔并《あは》せて短歌〕

大君の　遠《とほ》の朝廷《みかど》と
任《ま》きたまふ　官《つかさ》のまにま
み雪降る　越《こし》に下《くだ》り来《き》
あらたまの　年の五年《いつとせ》
しきたへの　手枕《たまくら》まかず
紐解かず　丸寝《まろね》をすれば

大君のおぼしめしを遠くに伝える国府へと
ご任命をいただいた官を身に体して……
雪深き越の国に下り来て
（あらたまの）年は五年という歳月！
（しきたへの）妻の手枕もせず
服の紐を解いて情を交わすということもなく　ひとりごろ寝をしている俺様は

いぶせみと　心なぐさに
なでしこを　やどに蒔《ま》き生《お》ほし
夏の野の　さ百合《ゆり》引き植ゑて
咲く花を　出《い》で見るごとに
なでしこが　その花妻《はなづま》に
さ百合花　ゆりも逢はむと
慰《なぐさ》むる　心しなくは
天離《あまざか》る　鄙に一日《ひとひ》も
あるべくもあれや

反歌二首

なでしこが
花見るごとに
娘子《をとめ》らが
笑《ゑ》まひのにほひ
思ほゆるかも

晴れない心のなぐさめにと——
なでしこの花を庭の中に蒔き育て
夏の野の百合を移し植えてね
咲いている花々を庭に出て見るたびに
なでしこの花のようにいとしき妻に……
百合の花ではないけれど、後（＝ゆり）にでもきっと逢おうと思うけれど……
心なぐさめられることもないので
（天離る）鄙の国で一日たりとも
暮していられようか、いや暮らせるものではない！

なでしこの
花を見るごとに
いとしい妻の
笑みのかがやき！
そのかがやく笑顔が思い出されてならない

さ百合花
ゆりも逢はむと
下延《したは》ふる
心しなくは
今日《けふ》も経《へ》めやも

百合の花の名ではないけれど
ゆり――後に逢おうと
心ひそかに思う
その心がなかったらば……
今日一日たりとも生きてゆけようか、生きてはゆけるはずもない

同じ閏《うるひ》五月二十六日、大伴宿禰家持《おほとものすくねやかもち》作る。

（巻十八の四一一三～四一一五）

家持は、自らの「屋戸」に、「なでしこ」の種を蒔き、野の百合を移植したのであった。その理由は「いぶせみと　心なぐさに」と記されている。「いぶせみ」とは、心が晴れ晴れとしない状態をいう。だから、自らその心を慰めたのである。

「なでしこ」は、有名な「山上臣憶良《やまのうえのおみおくら》の秋野の花を詠む歌」に「萩の花　尾花葛花　なでしこが花……」（巻八の一五三八）とあるように野の花の代表であるが、それを庭に植えるということが家持の時代にもあったようである。百合も、「夏の野の　さ百合引き植ゑて」とあるように夏の野を代表する花であるが、家持自ら野から庭へと移植したのであった。そして、その自ら植えた庭の花を取り合わせて歌い込み、憂さを晴らしたのである。

「百合」は「ゆり」すなわち「後」を引き出しているだけだが、「なでしこ」は「なでしこが

その花妻」と可憐な妻・大嬢を讃め、望郷の思いの中心が妻との再会にあることを示している。「なでしこ」は、家持がもっとも愛した花であった。その上、家持には「なでしこ」に関わる大嬢の思い出があったようだ。

　大伴宿禰家持が、坂上家《さかのうへのいへ》の大嬢《だいぢやう》に贈る歌一首
我《わ》がやどに　蒔《ま》きしなでしこ　いつしかも　花に咲きなむ　なそへつつ見む
（巻八の一四四八）

当該歌は巻八の「春の相聞」の冒頭に位置する歌。そして、秋の開花を「いつしかも」と待つ歌である。おそらく、この歌は大嬢の女性としての成長を待つ歌であろう。家持は、それを「なでしこ」の開花と重ね合わせて表現しているのである。時に、天平五年（七三三）春の作、と推定される歌である。

また、大嬢とは、庭で共に遊んだ思い出があったことも、次の歌から推定できる。

　大伴宿禰家持《おほとものすくねやかもち》が坂上大嬢《さかのうへのだいぢやう》に贈る歌一首〔并《あは》せて短歌〕
ねもころに　物を思へば
言はむすべ　せむすべもなし
　ねんごろに物を思うとね
　どう言ってよいのやら、どんなことをしてよいのやら（わからない）

妹《いも》と我《あれ》と　手《て》携《たづさ》はりて
朝《あした》には　庭に出《い》で立ち
夕《ゆふへ》には　床《とこ》打ち払ひ
白たへの　袖さし交《か》へて
さ寝《ね》し夜や　常《つね》にありける
あしひきの　山鳥《やまどり》こそば
峰《を》向《む》かひに　妻問《つまど》ひすといへ
うつせみの　人なる我《あれ》や
なにすとか　一日《ひとひ》一夜《ひとよ》も
離《さか》り居《ゐ》て　嘆き恋《こ》ふらむ
ここ思《おも》へば　胸こそ痛き
そこ故《ゆゑ》に　心なぐやと
高円《たかまと》の　山にも野にも
打ち行《ゆ》きて　遊びあるけど
花のみに　にほひてあれば
見るごとに　まして偲《しの》はゆ
いかにして　忘るるものそ

お前さんと俺とが手を取り合ってね
朝の庭にたたずんで——
夕方には寝床を払って——
（白たへの）衣と衣の袖をさし交して
共寝した夜なんて常にあったかね
（あしひきの）あの山鳥ですら
向いの峯に妻問いするというのにね！
この世の人である俺様は
何の因果でまる一日　それも昼も夜もね
離れたままで嘆き焦れるのか——
これを思うと、わが胸は痛む！
そのために心もなぐさめられるかと
高円山にも野にもね
出かけて、遊び歩いてはみるのだけれど……
花ばかりが美しく咲いているだけだから
花を見るたびにいっそうお前さんのことが偲ばれるんだよ
どうしたらいっそ忘れることができるのか？

恋《こひ》といふものを　　　　　　恋というものを
〈短歌省略〉　　　　　　　　　　（巻八の一六二九）

つまり、家持にとっての理想の夫婦生活とは、朝は手を取って庭で遊び、夜は袖を差し交わして共寝をすることであった。久邇京滞在などで思うように大嬢と逢えない家持は、夫婦が睦みあった日はいったい幾日あっただろうか、と嘆いている。時に、天平十二年（七四〇）前後の作、と推定される歌である。以上のように考えてゆくと、大嬢と平城京の宅における庭にまつわる思い出があったことは、間違いない。

恋人と楽しむガーデニング

家持が越中の宅の庭に「なでしこ」を植えたのは、それを「形見」「偲ぶ草」にするためであった。恋人どうしが、「形見」「偲ぶ草」として植物を植えることは、当時の一つの流行であったようだ。

a　恋《こひ》しけば　形見《かたみ》にせむと　我がやどに　植ゑし藤波《ふぢなみ》　今咲きにけり
（夏の雑歌　山部赤人　巻八の一四七一）

b　恋しくは　形見にせよと　我が背子《せこ》が　植ゑし秋萩《あきはぎ》　花咲きにけり

c　秋さらば　妹《いも》に見せむと　植ゑし萩　露霜《つゆしも》負ひて　散りにけるかも
（秋の雑歌　花を詠む　巻十の二一一九）

d　君来《こ》ずは　形見にせむと　我が二人　植ゑし松の木　君を待ち出でむ
（秋の雑歌　花を詠む　巻十の二一二七）
（寄物陳思《きぶつちんし》　柿本人麻呂歌集歌　巻十一の二四八四）

aはいとおしい人の形見にしようと、藤を自分の「ヤド」に植えている例として考えることができる。bcdは、「ヤド」とは明示されていないが、歌い手が起居する建物に付随する空間であることは間違いなく、「ヤド」の歌と見てよいであろう。bは女歌で、背子が萩を持って来て、女の家に植えたと解釈することができる。対して、cは男歌で妹に見せようと、男が自分の家の庭に萩を植えたと解釈することができる。dは女歌で、二人で松を女の家の庭に植えたと解釈することができる。それを女は、男を偲ぶよすがとして待っている、というのである。恋人どおしで、庭を楽しむとは、なんたるおしゃれ。さらに巻十には、

e　雁《かり》がねの　　雁が音の
初声《はつこゑ》聞きて　　初声を聞いて
咲き出《で》たる　　咲き出した

やどの秋萩
見に来《こ》我が背子《せこ》

庭の秋萩……
早く見に来い！　私のいい人——

（巻十の二二七六）

という歌があるが、こちらは明らかに男を自分の家に誘う歌。こんな歌をもらったら、男は万難を排して行かないわけにはゆかないだろう。行かないと彼女がむくれてしまうはずだ。以上のように考えてゆくと、家持は大嬢を偲ぶよすがとして、ゆかりの「なでしこ」を植えたのであり、その背景にはかつて二人で作った庭のことが想起されているのは間違いない。しかも、それは、平城京内の私宅において、当時一般的に行われていたことらしいのである。

旅人の庭、二人作りし山斎

ならば、恋人や夫婦で、庭に好みの植物を植えて楽しむ歌の初見は、いったいどの歌になるだろうか。管見の限りでは、父たる旅人の例ではないか、と思う。そこで、旅人の例を見てみよう。神亀五年（七二八）、旅人は任地大宰府において最愛の妻・大伴郎女《いらつめ》を亡くす。そして、大納言昇進のうれしさも半ば、失意のうちに平城京帰任の年を迎えたのであった。時に、天平二年（七三〇）冬のことであった。

帰るべく　時はなりけり　都にて　誰《た》が手本《たもと》をか　我《あ》が枕かむ
都なる　荒れたる家に　ひとり寝ば　旅にまさりて　苦しかるべし
　右の二首、京《みやこ》に向かはむとする時に作る歌。
（巻三の四三九・四四〇）

旅人にとっての帰路は、つらい旅路となったようである。

妹《いも》と来《こ》し　敏馬《みぬめ》の崎を　帰るさに　ひとりし見れば　涙《なみた》ぐましも
行くさには　二人我が見し　この崎を　ひとり過ぐれば　心悲しも〈一に云《い》ふ、「見もさかず来《き》ぬ」〉
　右の二首、敏馬の崎に過《よき》る日に作る歌。
（巻三の四四九・四五〇）

旅人は、帰京にあたって、すでに大伴郎女との思い出のある旅路を行くことが、沈痛な旅路となることを予測していた。さらには、たとえ、平城京に無事にたどり着いたとしても、二人の思い出のある家に入れば、思いが乱れることを予測していたのであった。そして、それは現実のものとなった。

故郷《こきやう》の家に還《かへ》り入りて、即《すなは》ち作る歌三首

人もなき　空《むな》しき家は　草枕《くさまくら》　旅にまさりて　苦しかりけり
妹《いも》として　二人作りし　我が山斎《しま》は　木高《こだか》く繁《しげ》く　なりにけるかも
我妹子《わぎもこ》が　植ゑし梅の木　見るごとに　心むせつつ　涙《なみた》し流る

（巻三の四五一～四五三）

旅人は、旅立つ前に「都なる荒れたる家にひとり」で寝ることは、旅よりも苦しいかもしれないと歌ったが、「旅にまさりて苦しかりけり」とまさに現実になってしまったのである。

ここで注目したいのは、「家」といっても旅人が歌ったのは、「シマ（山斎）」と、その「梅の木」だったということである。このことは、いったい何を意味するのだろうか。それは、旅人にとって妻との思い出が最も鮮明に残っている場所が、「山斎」だったことを意味する。なぜなら、歌われた庭は、夫婦で丹精を込めて作った庭だったからである。「妹として　二人作りし　我が山斎は」という表現は、その事実を如実に物語っているのである。

書持の庭、あるじの趣味を反映する「庭園」の趣向

以上の例を見てゆくと、旅人も家持も父子共に「庭園」を作ることを楽しんでいた、ということがわかる。つまり、私的な空間に、好みの花草花樹を植えて、楽しんでいるのである。とすれ

ば、彼らは、「庭園」を《見る楽しみ》だけでなく、《作る楽しみ》をも知っていた人びとであるということになる。そして、それは天平期の「庭園」、ことに個人の邸宅の「シマ」「ソノ」「ニハ」「ヤド」に広がっていたといえそうである。abcdeの歌々は、そういう「庭園」を《作る楽しみ》が広がっていたことを我々に教えてくれる。

ところで、家持には書持《ふみもち》という弟がいた。彼は夭逝の人だったのである。その弟・書持の死に際して家持は挽歌を残している。かの書持を悼む挽歌の中に、庭を以《もっ》て弟・書持の人柄を偲ぶところがある。弟を喪った家持の声に耳を傾けよう。

長逝《ちやうせい》せる弟《おとひと》を哀傷する歌一首〔并《あは》せて短歌〕

天離《あまざか》る　鄙《ひな》治めにと
大君の　任《ま》けのまにまに
出でて来《こ》し　我《われ》を送ると
あをによし　奈良山《ならやま》過ぎて
泉川《いづみがは》　清き河原に
馬留め　別れし時に
ま幸《さき》くて　我《あれ》帰り来《こ》む
平《たひら》けく　斎《いは》ひて待てと

（天離る）鄙の地を治めに行くといって
大君の命のままに
旅立つ私を見送ろうと……
（あをによし）奈良山を過ぎ
泉川の清い河原にまで来てくれて
馬をとめて別れた時に（俺は言った）
「（書持よ）無事に俺は帰って来るよ。
（お前さんも）無事に帰って来られるように身を慎んで待っていてくれよ」と

語らひて　来《こ》し日の極《きは》み
玉桙《たまほこ》の　道をた遠《どほ》み
山川の　隔《へな》りてあれば
恋《こひ》しけく　日長《けなが》きものを
見まく欲《ほ》り　思ふ間《あひだ》に
玉梓《たまずさ》の　使ひの来《け》れば
嬉《うれ》しみと　我《あ》が待ち問ふに
逆言《およづれ》の　狂言《たはこと》とかも
はしきよし　汝《な》弟《おと》の命《みこと》
なにしかも　時しはあらむを
はだすすき　穂に出《い》づる秋の
萩の花　にほへるやどを
〈言ふこころは、
この人ひととなり、花草花樹を好愛《め》でて、多く寝院《しんゐん》の庭に植ゑたり。
故《ゆゑ》に「花薫《にほ》へる庭」といふ〉
朝庭《あさには》に　出で立ち平《なら》し
夕庭《ゆふには》に　踏み平《たひら》げず

（そう）語らったその日を最後に！
（玉桙の）道は遠く
山も川も（二人を）へだてているので
恋しく思いあっても逢わぬ日は長くなって
逢いたいと思っているその時に
（玉梓の）使いはやって来た――
嬉しく思って私が待ち問うと……
人まどわしのでたらめ言をいうのであろう！
いとしいわが弟は
あの世に赴くべき時でもないのに
はだすすきが穂に出る秋
萩の花が美しく照り咲く庭を
〈私がいわんとしたところは、
この人は生まれつき花の草や木を愛して、
正殿の庭にたくさん植えるような人柄で、
ために「花が美しく照り咲く庭」といったのである〉
朝の庭に出て立ちならしたのだが
夕べには庭に出て踏み平げることはなかった

佐保《さほ》の内の　里を行き過ぎ
あしひきの　山の木末《こぬれ》に
白雲に　立ちたなびくと
我《あれ》に告げつる
〈佐保山に火葬す。故に
「佐保の内の　里を行き過ぎ」といふ〉
〈短歌省略〉

（だから）佐保の域内の里を通り過ぎ
（あしひきの）山の木々の梢に
白雲となって立ちなびいて……旅立ったと
私に告げたのである
〈佐保山で火葬。それで
「佐保の域内の里を通り過ぎ」といったのである〉
（巻十七の三九五七）

この歌の「萩の花　にほへるやどを」の下には、家持自らの注記があり、

言、斯人為レ性、好二愛花草花樹一而、多植二於寝院之庭一。故謂二之花薫庭一也

と書かれている。当該の注記によって書持が、「ヤド」たる「寝院之庭」に、好みの「花草花樹」を植えていたことを我々は知ることができる。死んだ弟の人柄は、その庭に表れていたと、家持は遠く越中から追懐しているのである。つまり、個々人が起居する建物の周りについては、あるじがその趣味に応じて、植物を植えていたのである。だから、「ヤド」の草木によって故人を偲ぶことができたのであろう。

そこで、万葉歌に歌われた「ヤド」の草木について考えてみたい。「ヤド」の花については、

森淳司の先駆的研究がある。森の調査によれば、

橘……二十首／萩……二十首／梅……十首／なでしこ……八首／浅茅……三首／山吹……三首／桜……三首／柳……二首／尾花……二首／松……二首

（森淳司「万葉の〈やど〉」『万葉とその風土』所収、桜楓社、一九七五年）

であり、以下、竹・桃・カラアヰ・蓼・ツチハリ・葛・シダ・夕陰草が各一首と続く。森は「ヤド」の歌が、天平万葉に集中することを指摘し、そこに天平の花鳥風月歌の特質を見出そうとしている。天平の時代、家の庭に橘や萩や梅を植えることが流行していたようなのである。

もう一つ、「ヤド」の花を論じる上で、忘れてはならない先駆的な研究がある。それは、中西進の研究である。中西は、「ヤド」の花の二大勢力である橘と萩との関係を分析して、作者判明歌巻には橘が多く、作者未詳歌巻には萩が多い傾向にあることを示して、次のような理解を示している。

いうまでもなく橘は外来の珍木であり、萩は当時野生の花である。巻十その他の無名歌人は萩をわがヤドに植えてその可憐な美を愛したのであり、大伴関係の名流諸子は、橘の芳香をヤドに放ったのである。

（中西進「屋戸の花」万葉七曜会編集『論集上代文学』第三冊所収、笠間書院、一九七二年）

としている。梅や橘が舶来珍奇の樹木であり、萩や桜が野の花、山の花であったことは周知のとおりであるが、そのことが詠まれる花の傾向に反映されている、という見方である。一つの考え方であろう。とすれば、『万葉集』の中に名を留めない下級の官人は、野の花を集めて、自らの起居する建物の周りを飾った、という結論を導き出すことができる。つまり、庭の花にも格差があったようなのである。とすれば、「ヤド」を好みの植物で飾ることは、貴族から下級官人にいたる幅広い平城京生活者の趣味であったといえるだろう。だからこそ、歌われる植物にも差異が出てくるのである。中西はこういった傾向に、都の庶民の影を認め、これを「『市民』の文学」と規定したのであった。「市民」という用語はたぶんに比喩的に用いられた言葉であろうが、「庭園」を作って楽しむ趣味の広がりは、平城京生活者に広く定着していた流行である、ということは認めてよいであろう。

これは、「庭園」の美というもので、「自然」そのものではない。呼ぶとすれば、林立する都の建物群の中に出現した「第二の自然」というべきものであろう。「あるがままの自然」に対する「あるべき自然」が人の手によって、都市空間の中に出現したのである。つまり、自然が駆逐された空間に、人工的な「第二の自然」が新たに作られたのである。私は、このことから考えて、「庭園」の誕生は、都市空間の成立と軌を一にするのではないか、と思っている。だから、明日香に「庭園」が林立するのであろう。そして、そういう空間を出現させることこそ、文治の王の力であったのではなかろうか。したがって、宮に属する「庭園」は文治の王の力を示すものなのである。ために、東アジアにおいては、「武」の王から、「文」の王に転じようとする帝王たちは、歴史に名を残す「庭園」を作ったのである。以上のような理由から、「天円地方」の思想によって形成された東アジアの古代都市には必ず「庭園」が出現していたのである。帝王の徳を表すものとして。例えば、平城京においては、松林宮・平城宮東院庭園・阿弥陀浄土院庭園、さらには長屋王邸宅の庭は、そういう役割を担っている、ということができる。これが、まさに王の庭である。

　平城京には、そのような王の庭とは別に、それぞれの起居する建物の前に、思い思いの趣向を凝らしたいわば民の庭が存在していた。それは王の庭から、貴族の庭に、そして民の庭へと一つの流行として、徐々に古代宮都生活者の宅に広がっていったのであろう。すなわち、ここに庭園文化の大衆化と、庭園文化の分化を認めることができるであろう。つまり、王の庭から分化するかたちで、民の庭が生まれたのである。

　誤解を恐れずにいえば、王の庭は権力の庭であり、見ることを楽しむ庭であるということができる。対して、民の庭は、趣味の庭であり、見ることとともに、作ることをも楽しむ庭である、ということができるのではなかろうか。

庭を楽しむ人たち

本章では、万葉歌を通じて、いくつかの平城京の「庭園」を眺めてきた。妻を偲ぶ家持の庭、人柄が偲ばれる書持の庭、作者未詳歌巻の恋人たちの庭、旅人が妻と作った庭。天平期の「庭園」文化の広がりは、平城京生活者の起居する空間に及び、互いにその「みやび」を競い合うかたちで、一つの流行を形成していた、と考えられるのである。

私はこれを、画一化された宅地のなかで、せめて自らの個性で一つの空間を作ってみたい、という欲求から生まれたブームではないか、と考えている。都会生活においては、ベランダのプランターこそが……触れ合うことのできる唯一の自然である。そのプランターの植物くらいは、せめて自分で選びたい、と考えるのが都会人のささやかな願いというものであろう。四角い街に、宅地を配分されて、宮仕えした平城京生活者。その一角に、野の花々を移植したのは、失われた自然を万葉びとが回復しようとして作った「第二の自然」であったと思う。

こういった「庭園」の風景も、平城京に生きる人びとの生活のひとこまであった。

第八章　渡来の僧・鑑真物語

遥かなる唐へ、遥かなる唐から

生きて今あるということは、刹那も、世界とは無縁ではいられない。それが、世界に存在しているということだからだ。ただし、その心と体を外に開いて外部からの知識や情報をわがものにしようと意識を集中させている時と、外界に対して心と体を閉ざして内なるものを深めることに意識を集中させる時とが、人にはある。人の人たるものはその日常で、ほとんど数秒ごとにこれを繰り返している、といってよい。外に心と体を開くことと、内なるものを深めようとするその二つがなくては、人は生きてゆけないのである。

それは、国家についても同じことがいえる。日本の歴史というものを広く俯瞰した場合、江戸時代と平安時代は、内なるものの深化に意識を集中させた時代であり、飛鳥・奈良時代と明治以降の近代は、外に心と体を開いた時代であるといえるだろう。もちろんそれは、百年単位のスケールで時代を俯瞰した場合であり、十年単位、一年単位のスケールで見れば、また別の見方ができるはずだ。日本の場合、外来文化の摂取というものは、そのおおよそを主体的かつ自主的に行うことができた。それが可能だったのは、海が大陸との間に横たわっていたからである。外に眼を開き留学する時には、危険を冒して海を渡る必要があったが、外国から受け入れる文化は、これを選択的に受け入れることができた。平城京の時代というものは、あきらかに、外に意識が向けられた時代であるといえるだろう。最終章である本章では、唐からやって来た僧・鑑真について考え、奈良と平城京の時代を考える本書の結びとしたい。

鑑真物語

奈良で私が好きなのは、唐招提寺である。この寺の佇まいには、華美を廃した落ち着きのようなものがある。そして遠く唐から日本に渡って来た鑑真ゆかりの寺であることを想起する。人は幾重にも重なった縁の中で生きていると実感するのである。

少しでも歴史に関心のある日本人で鑑真を知らない人はまずいない。そして、ほぼ例外なく、はるばる日本に渡ってきた唐の高僧に対して好感を持っている。では、なぜ私たちはこの話にかくも惹かれるのか。そして一方の鑑真自身は、なぜ日本渡来を決意したのか――。本章では〝鑑真物語〟が人びとにどのように読まれつづけ、そして現代においてどう解釈できるかを、私なりの歴史観で語ってみたい、と思う。ここでいう〝鑑真物語〟とは、鑑真渡日の苦難の物語のことをいう。

飛鳥時代、六世紀はじめに伝来した仏教は、奈良時代に入ると国家鎮護のための学問として発展を遂げた。ところが伝来から二世紀が過ぎてもなお、国内では有資格者が少なく、三師七証すなわち授戒の師三人と証明師七人の立ち会いのもとによる授戒ができなかったのである。三師七証の受戒の儀とは、試験と認証式を兼ねた儀式だと考えてよいが、もちろん授戒者たちはそれまでに戒律を体で覚え、身に付けている必要があることはいうまでもない。つまり、仏教者としての生活作法を身に付けていない者は、古代の東アジア世界では、僧とは認められなかったのである。これを今風に言えば、僧侶の資格をグローバル・スタンダードに合わせたといえるのではないだろうか。日本では、僧と認定されても、入唐すると正式の僧とは認められないという状態が生じていたようなのである。

ちょうど数年前、国際化する経済で生き残るためには、企業の会計基準をグローバル・スタンダードに合わせるべきだと騒がれたのと同じで、僧侶になる資格も東アジアでスタンダードとなっている中国の三師七証を日本でも取り入れるべきだ、ということになったのである。

加えて、八世紀はじめには公地公民制が崩れ、重税に耐えられず安易に出家する農民が急増していた。僧尼には納税や兵役を免除されていたからである。私得度は国家の財政を脅かす大問題であり、しかも堕落した無戒の僧侶が目に余るようになっていた。国家は戒律を厳しくして、僧の人数を制限する必要性に迫られていたのであった。つまり、日本の僧侶の認定基準を、国際水準に引き上げることが、当時の喫緊の国家的課題だったのである。

唐招提寺金堂（撮影・新潮社写真部）

留学僧、栄叡と普照

そこで遣唐使として天平五年（七三三）に入唐した二人の若き僧、栄叡《ようえい》と普照《ふしょう》が師とすべき人を探すところから、いわゆる〝鑑真物語〟は始まる。洛陽に入った二人はまず道璿《どうせん》という律僧に来朝を依頼したが、意外にも道璿はこれを引き受けて先に日本に渡ることとなった。さらに、二人はこれぞと思う戒律師が他に見つかるはずと考え、長安へ移ってさらなる情報を求めて活動することになる。入唐から九年。二人は、ようやく鑑真にたどり着く。

九年とは悠長な話と思うかもしれないが、たとえば明治初期の一八八二年、伊藤博文は憲法と議会を学ぶべく、手がかりもなくヨーロッパへ留学している。留学後、次第にイギリスとプロシアを手本にするのがよいと考えるようになり、ウィーンでローレンツ・フォン・シュタインという政治学者と出会う。そして、伊藤は今の日本の現状を自ら伝えて、シュタインの指導を仰ぐことになった。シュタインは、伊藤の話をよく聞いた上で、日本の現状においては、プロシア憲法を手本にするのがよいのではないかと考え、それが一八八九年の大日本帝国憲法発布に道を拓いてゆくことになるのである。

そして現代でも、例えば開発途上国からの留学生は、どの国で誰の講義を聞き、それをどう生かせば自分の国の実情に合うかを考えながら日々悩み学んでいる。それと同じことを、彼らは果たそうとしたのである。これまでに私も、そんな留学生のまぶしい視線に接して……はっとしたことがあった。眼の光が、違うのである。

海のネットワークの人

志あるところに道は開ける。こうして、二人は鑑真と出逢うわけである。ここで重要な点は、鑑真が揚州の生まれだったということであろう。現在は揚子江沿いの田舎町であるが、唐代の揚州は国際港として大いに栄えた港町であった。当然、遠い異国から来た商人があふれ、さまざまな情報が入ってきたと思われる。この街では、日本人と逢うことだって、可能であった。それは、日本の遣唐使の宿舎もあったからだ。その観点で来日までの来歴を辿ってみると、鑑真は海や川のネットワークでつながれた都市をつぎつぎに移動し、そこで律を講じ、多額の施しを集め、お寺を復興して布教活動を続けていることが注目される。しかも、弟子たちが各地へ散り、ネットワークはさらに拡大する。鑑真が授戒した僧の数は四万人を超えるとも言われているほどである。つまり、鑑真とは、海と川でつながれたネットワークを生きた僧といえるのではないか。その情報収集範囲は当然ながら、日本にも及んでいたと考えられるのである。

〝鑑真物語〟の中に、栄叡と普照が念願かなって鑑真に会い、「日本がどれほど仏教に熱心な国で、伝戒の師僧を求めているか」を訴える有名なシーンがある。話を聞きおえた鑑真は、「私の尊敬する高僧、慧思《えし》が倭の国で生まれ変わったのが聖徳太子だという言い伝えを聞いている」と二人を援護するが、弟子たちは誰も日本行きを志願しない。ここで重要なのは、鑑真には日本に対する予備知識があったとされる点であろう。かつてこの記述は、鑑真一行が渡日してから付加したとする研究者もいたが、奈良大学の東野治之教授の研究によれば、鑑真来日の二十年以上前から、慧思＝聖徳太子説は成立していたという。鑑真は、そうした情報もキャッチしていたのであろう。

こうした背景をふまえると、鑑真自身、日本に行くことについて大変な覚悟があったことは間違いないが、同時に、大したことではない、という感覚でもあったのではないか。今日でも、港町に育った人は、故郷から離れることをいとわない。

実際、その鑑真の海上ネットワークは大いに力を発揮する。たとえば、天平二十年（七四八）十月に出航した鑑真一行は暴風雨に遭い、東シナ海を漂流の後、翌月には揚州から約二千キロも離れた海南島に漂着してしまうのである（第五次渡航失敗）。ところが鑑真は淡々としたもので、海南島の振州で馮崇債《ふうしゅうさい》という人物の庇護を受けてお寺の改修をしたという記述が出てくる。鑑真にとっては海南島すらも自らのネットワーク内という感覚なのである。これに比べれば九州の大宰府の方がはるかに近い。

だからこそ、鑑真は授戒に十分な十四人の僧、三人の尼に加えて、様々な技能を持つ者をも一緒に引き連れてきたのであった。彼ら技術者は、のちに日本に建築や彫刻の新様式や新技術をもたらし、鑑真一行が日本に将来した品物には、経典や仏具だけでなく、甜豉《てんし》（味噌）や蔗糖《しょとう》（砂糖）などもあった。つまり、鑑真とは、東アジアの海と川のネットワークのなかで授戒と勧進活動を続ける一団の首領であり、鑑真渡日の物語はいわば鑑真教団——鑑真株式会社と言い換えても良いかもしれない――の〝日本進出物語〞としても読めるのではないか。

日本人が鑑真に惹かれる理由

栄叡と普照が、鑑真の弟子たちに日本行きを懇願する、さきほどのシーンの有名なクライマックスは、「誰も手を挙げないならば自分が行く」と鑑真自身が名乗り出るところだろう。非常に強靭な意思、一千万の敵あれども我いかんという崇高な精神を表わすエピソードである。このエピソードこそが、日本人が鑑真に抱く尊敬の根源となっているのではないか。

栄叡と普照の来日要請を聞いて、慌てた弟子の祥彦《しょうげん》は「かの国は、はなはだ遠くして生命存しがたく、滄波淼漫《そうはびょうまん》として百に一たびも至るなし。『人身は得難く、中国には生じ難し』」と、師に翻意を促す。これは涅槃経の言葉で、人が生まれるというのは大変な困難の中から偶然で生まれてくるものであり、しかもそれが中国であるというのは大変なことだという。この場合、中国は宇宙の中心であり、自分たちの住んでいるところに生ずることは難しいのだから……という意味である。

対して鑑真は、「是は法事のためなり」と言い放つ。ここが一番の泣かせどころであろう。行く、行かないという問題ではなく、法事すなわち仏法のためなのだ、と。ここでいう「法事」とは、「仏法の事」という意味である。さらには「何ぞ身命を惜しまん」という。不惜身命、身を惜しまずに法のために励む、退路を断つこの使命感は、日本人がもっとも好むメンタリティーなのではないか。なぜならば、損得ではなく、義理と人情に生きる主人公の生き方に、日本人はかぎりない好意を抱くからである。

人びとが鑑真の物語に惹かれる理由は、それだけにとどまらない。渡日を決めてからも、荒海に流され、日本との縁をとりもった栄叡と愛弟子の祥彦を失い、自身も失明してしまう。こうした人智の及ばない苦難に加えて、人による災難にも見舞われる。渡日は密航であったため、師を案じた弟子の密告によって計画はたびたび頓挫。渡日後も鑑真はいわば新勢力であるから、仏教者として思い通りに活動ができたかは疑わしい。三師七証による授戒は必要ないと訴えた有力僧たちと対立し、興福寺で討論会もしているほどだから、旧戒を捨てて鑑真から受戒した僧たちとの間にわだかまりが生じていたとしても不思議ではない。

考えてみると、私たちは鑑真のことは知っていても、鑑真が持ち伝えた思想に対して、私も含めほとんどの日本人は知らないのではないか。律宗は日本で三番目に古い宗派であるが、律や戒についてきちんと答えられる人はどれだけいるだろうか。けれども私たちは鑑真の苦難を乗り越えようとする執念に共感を覚え、今も尊敬の念を抱いている。

穏やかで、しかし内に秘めた情熱が表われた《鑑真和上坐像》ともあいまって、この思いは日本人の心にしっかり刻まれている。鑑真自身が崇拝対象といってもいいほどではないか。髭や睫毛まで描かれたあのお像の、少し顎の張った感じは、どこか王貞治を私に連想させるのであるが、あの顎こそが鑑真のエネルギーの根源であり、意志の強さを表しているように感じるのは、私だけではあるまい。

鑑真和上坐像（唐招提寺蔵。撮影・入江泰吉）

ストーリーテラー、思託の功績

私たちの知っている〝鑑真物語〟は、日本に同行した弟子の思託《したく》が記した『大東伝戒師僧名記大和上鑑真伝』と、それをもとに文人の淡海三船《おうみのみふね》（七二二〜七八五）が書き起こした『唐大和上東征伝』を典拠とするものである。思託は、鑑真の生涯を伝記という形で残そうとしたのである。『唐大和上東征伝』は非常に淡々とした事実の羅列なのだが、部分的なエピソードのひとつひとつが面白い。たとえば成功した第六次渡航では、遣唐使船の大使藤原清河が、外交問題に発展するのを恐れて出港直前に鑑真一行を下船させたのだが、気骨ある副使の大伴古麻呂は、独断で自分の船に彼らを乗せてしまう。こういった断片的な説話が集まって、鑑真渡来という大きな円を形づくっているわけであるが、ひとつでもその縁が欠けていては、鑑真が日本まで到達できない仕組みになっている。これは『仮名手本忠臣蔵』に匹敵するおもしろみをもった縁と縁との物語なのである。

鑑真の渡日をきわめてドライな見方で現代的な用語で分析すると、授戒体制を整えてグローバル・スタンダードに追いつきたいという日本側のニーズと、〝鑑真株式会社〟の日本における独占的な営業権を確保したいという鑑真側の希望が合致したといえるのではないか。つまり、鑑真本人が渡日したこともさることながら、仏舎利を何千粒も携えて渡ってきたということも、日本での布教活動において大きな役割を果たしたはずである。だからこそ、仏舎利は最高の技術を駆使した舎利塔に収められて今なお大切に保管され、《鑑真和上坐像》とともに〝鑑真教団〟のシンボルとして、長らく崇拝対象となっていったのである。

けれども、日本人の鑑真に対する敬意がかくも長く続いてきた理由は、もう少し別のところにあるのではないか。それは鑑真を敬慕することが、ある種の「理想主義」に原点回帰することを意味したからではないか。鑑真が持ちこんだのは、ひとつの宗派の教えではなく、宗教者が己を律した生き方をしているかどうかを問う戒律であり、換言すれば宗教者自らの内面を見つめなおすための思想であった。

宗教者は危機に直面すると、原点に回帰することを希求する。たとえば十六世紀の宗教改革の嵐が吹き荒れるなか、カトリック教会側ではイエズス会が結成され、己を厳しく律し、海外に教えを広めようとザビエルらがはるばる東洋までやって来る。鑑真もまた、仏法を広めることは法事であるとして、弟子の反対を振り切り渡日した。これは宗教者として理想的ではあっても、簡単に真似できる行為ではない。

唐招提寺は平安期以降、勢力を衰退させるが、鎌倉中期に覚盛らの活動によって律宗が復興する。そのときの合言葉は「律に帰れ」であった。それはすなわち、宗教者としての原点に立ち帰れということなのである。現在もなお、鑑真の物語が日本人の心を打つのは、結局、人間には理想主義が必要だということを示しているからではないか。その理想主義の象徴が《鑑真和上坐像》であり、〝鑑真物語〟であると私は考える。それは、鑑真という存在そのものが、宗教者のみならず、日本人の己を律する心のよりどころになっているからではないか、と思う。

鑑真のもたらした文化

鑑真は、ただ一人で日本にやって来たわけではない。他十四名の僧と尼僧三名、他に二十四名の人びとがともに、やって来たのである。私が「鑑真教団」と呼んだのは、そういう四十名を超える人びとの来日を指していっているのである。お寺には僧侶が必要なことは当たり前だが、僧侶だけでお寺というものは運営されるわけではない。寺院建築の専門家、仏師、荘厳具《そうごんぐ》と呼ばれる室内装飾品を作る人びと、画師などがいなくては、お寺というものは成り立たない。僧侶以外の二十四名の多くが、そういう技術者ではなかったか、と考えられているのは、鑑真の来日を契機として、奈良の仏教界に新風が起こるからである。それは、鑑真個人の力だけで成し遂げられるものではない。

こんな例を話そう。明日香にある飛鳥池工房遺跡は、明日香の宮殿や諸寺院のために、金属製品やガラス製品を供給していたいわば官営工場である。ここが発掘されて、必要に応じたさまざまな装身具や荘厳具が作られていたことがわかった。今、われわれは、宮や寺院だけを見てしまいがちなのだが、その背後には多くの技術者集団がいるのである。つまり、鑑真の伝えた戒に沿った建築物、仏像、荘厳具を作ろうとすれば、その様式を身に付け、定められた様式に沿ってそれらの物を作る工人と工房が必要になってくる。おそらく、鑑真が他の来日した僧侶と違うところは、こういう集団が一個大隊まるまる日本にやって来た、ということであろう。

ここで思い出してほしいことがある。鑑真教団は、中国の各地で授戒を行い、勧進活動を行って資金を集めて、寺院の建立や修理を行っている。常にそういう工人集団が鑑真には同行していたようなのである。少しうがった見方をすれば、今日でいうプラント輸出である。プラント輸出の場合、その現地で生産できるように、生産技術も移転されるし、何よりも技術者は現地に赴いて、技術を教える。だからこそ、鑑真教団はパトロンさえいれば、その地に寺院を自分たちの方式に従って建立できたのであろう。そういう渡来した仏師によって、巨大な仏菩薩像が作られたとする研究者たちがいる。これらの仏菩薩像は、木彫で平安時代の木彫の仏像の先がけをなすものであるから、鑑真教団がいちはやく唐の流行を日本に伝えた、と考えられているのである。

おそらく、唐招提寺は、そういう彼らの流儀で作られていったのであろう。したがって、資金集めも自ら行い、建物の寄進を受ければ、それを改装して使うという技術も、彼らが唐からもたらした寺院建立の方法であると考えてよいのである。もちろん、彼らの技術を使って。

私は、鑑真がもたらした文化のうちで一番日本に根づいたものは、「寄進の思想」だと思う。氏や国家が自らのためにお金を出してお寺を建立するのではなく、あくまでも教団の側が主体性を持って、多くの人に広く、浅く寄進を求めてお寺を造るという考え方を、いちはやく日本に定着させたのが、鑑真教団であると考えている。この先がけを成すものは行基の勧進活動なのであるが、行基と鑑真の考え方は、仏教が日本に根づく基礎を作ったと私は考えている。

文明というもの

私は、文化と文明との違いというものを問われれば、文化とは民族や地域の特性を表す言葉であり、文明とはそういう特性というものを乗り越えてゆくシステムであると答えることにしている。つまり、文明とは、異なる特性を持った文化を統合するシステムに他ならないのである。したがって、文明という文化の統合システムを構築できるのは、古来いくつもある文化のなかでもっとも大きな政治経済力を有した集団や国家であった。当時の東アジア世界においては、唐が多くの文化を統合するシステムを構築した文明国であった。彼らは、このシステムにさえ順応すれば、出身地に関係なく人材を登用した。唐においては、唐語を話し、唐名をもらい、科挙という難関試験に合格しさえすれば、官吏に登用されたのである。そのひとりが、阿倍仲麻呂である。アメリカの大リーグが、国籍や人種で選手を選ばないのと同じである。当時の唐は、多くの文化を統括する文明国だったのである。

鑑真教団も、そのような文明の原理を持った集団であった。今日の東南アジア地域の出身者と推定される崑崙《こんろん》人・軍法力《ぐんぽうりき》。今日のベトナム地域出身と思われる胆波国《ちゃんぱこく》人・善聴。西域の民であるソグド人と見られる安如宝《あんにょほう》たちも、鑑真教団にはいたのである。つまり、彼は世界帝国である唐の文明のかたちを、そのまま持ち込んだとみてよいのである。

未知なるものに未来を託した時代

日本という国は、僧侶資格に欠かせない授戒という制度を、ともかくも、鑑真という一人の唐僧に委ね、平城京の中に寺院を営むことを許したのであった。これは、鎮護国家の宗教政策の根幹に関わるものである。一方、国家がその全力を傾注して作った大仏の開眼会導師すなわちその指揮者は、唐からやって来たインド人僧・菩提僊那《ぼだいせんな》に委ねたのであった。ここには、未知なるものであっても、未来を託そうとする意志が働いているといってよいであろう。たとえ、まだよくわからないものであったとしても、それを信じ託そうとする精神があるのである。

これと同じように日本人が、未知なるものに未来を託した時代があった。明治維新という政治改革を自分たちの手で成し遂げた後、文明開化期には、多くのお雇い外国人技師・顧問・教師を高額の給与で雇っている。法律のボアソナードとロエスレル、土木工事のデ・レーケなどが有名であるが、初期の大学教育はすべてドイツ語か英語でなされていた。法制度・軍隊・教育・科学・芸術のすべてを、お雇い外国人とその弟子となった十代から二十代の若者に未来を託したのであった。

この未知なるものに未来を託す精神は、いったいどこから来るのであろうか。一つは、自らが後進の位置にあるという自覚であろう。唐から見れば、遅れた国であるという自覚があればこそ、そこに学ぼうとする意識が生まれるのである。もう一つは、自らも文明というシステムの中に入ってゆこうとする意識である。三師七証という授戒を受けない限り、国際基準の僧侶としては認められない。であるならば、自分たちも、そのグローバル・スタンダードを採用するしかないという意識である。平城京の時代は、明治の文明開化期とともに、日本人がもっとも海外に対して、心と体を開いた時期であったと考えられる。

最後に、私は奈良でこんなところを見てほしい、と思う。奈良の寺院参拝では、京都とは違いほとんど靴を脱ぐことがない。東大寺の大仏殿も、薬師寺の金堂も、そして唐招提寺の金堂も、畳がないのである。ここまでいえば、中国で寺院参拝をした人なら、もうおわかりだろう。これは、奈良の寺院の様式は畳が普及する以前の建築様式が基本になっているからである。唐においては、住居においても、椅子とベッドの生活であったし、ましてや寺院のような公の場所では靴を脱ぐ習慣がなかった。つまり、建物の設計の思想が違うのである。その意味では、こんなところにも平城京の文化の特性というものは、息づいているといえるであろう。それは、言い方を変えれば、平城京の文化の国際性ということになるのかもしれない。唐招提寺も、その一つだ。

エピローグ

その後の奈良びとたち

奈良のメイン・ストリートは、ＪＲ奈良駅からまっすぐ春日大社の一の鳥居へと伸びる三条通りと、近鉄奈良駅前の東向き商店街である。奈良を訪れるほとんどの人は、この通りと商店街で、お茶を飲み、土産物を買う。

三条通りは、条坊制にちなむ通り名であり、それは平城京にちなむものである。だから、同じく条坊の都である京都にも三条や五条があるのである。一方、この「東向き」という意味は、難しい。近鉄奈良駅から北に向かえば、東向き北商店街。南に向かえば、東向き南商店街。なぜ、東向きなのだろう。じつは、東には興福寺があるので、東側はお寺ということになる。ために、お寺のある東を向いて店を出したことに由来するといわれている。おそらく、かつては道の西側にしか店を出すことができなかったのであろう。すると、当然西側の店は、東側の興福寺の塀を向いて商売をすることになる。

この二つの道の名称は、七九四年の平安遷都以後の奈良の様子と、奈良びとの暮らしを如実に語るものだ、と私は思う。一つは、三条という地名が示すように、やはり奈良の街の町割は、平城京の条坊に由来していることを物語っているからだ。また、東向きという言葉も、平安遷都以後の奈良びとの暮らし向きが反映している言葉だと思う。

本書のプロローグにおいて、平安遷都以後の奈良が、寺院群を中心としたいわば学園都市として、古代から現代にいたる各時代を生き抜いたと語った。それは、端的にいえばこういうことだ。

寺院があるということは、僧侶がいるということであり、そのなりわいがあるということは当然だ。伽藍があるということは、伽藍を修理する宮大工がいるということである。仏があれば仏師がいて、荘厳具を作る職人たちもいる。燈明の油や蠟燭を寺々に収める商人がいる。寺々への参詣者があれば、宿屋がなくてはならない。当然、土産物屋もなくてはならない。さらには、かつての社寺参詣においては、その帰りに精進落とし と称して、遊郭に繰り出すことが多かったから、寺町に遊郭はつきもので、奈良にも著名な遊郭が存在していた。つまり、平安時代以降の奈良の街は、寺院を中心に発展してゆくのである。

なかでも有力な寺院は鎌倉期までは興福寺、近世期以降は東大寺であった。この二つの寺院は、外京にあるから、平安遷都以降は外京が奈良町の中心になったのである。平安遷都以降の奈良びとたちは、東の興福寺と東大寺を向いて商いをすることによって、その生計を立てていたのであった。だから、現在の奈良のにぎわいは、外京の社寺のにぎわいなのである。ために、今日の奈良の経済人たちも、ご開帳や祭りで街をにぎわわせることを念頭に街づくりのことを考える。社寺が元気でなければ、奈良は元気ではないのだ。以上のようなものの考え方が、私の考える「奈良的感覚」だ。

そういう「奈良的感覚」の話を、もう一つしておこう。今日の奈良びとたちの挨拶には、よく春先の時候の挨拶に、「お水取りの後先」ということを話題にする。「お水取り」は、南都・東大寺の修二会《しゅにえ》で、元来は陰暦二月を中心に行なわれる法会のことである。現在では、新暦の三月十二日にクライマックスの籠松明が上がり、十三日の未明に秘儀「お水取り」が行なわれる。これが、春を迎える行事として広く知られているのであるが、例えば三月の初日あたりに寒ければ、

——やっぱり、お水取りが終わりませんと、あったこうなりませんなぁ。

というあいさつの言葉になる。対して、三月の初日に暖かい日が続いていれば、

——今年は、お水取りが終わらんさきから、あったこうなりましたわ。

というあいさつの言葉となる。寒くても、暖かくても、このころの時候の挨拶はお水取りなのだ。社寺とともに歩み続けた奈良びとは、季節の挨拶も社寺の祭り暦によってなされるのである。

奈良びとの決断

プロローグで私は、奈良は平城宮跡という巨大な空洞のある街だと書いた。この街の人びとは、この空洞を後世に残すことを決めたのである。それは、鹿と共生することを決めた決断とも通底する決断ではないのか。奈良の守り神・春日の神の使いである鹿とともに生きることを選んだこの街の人びと。また、春日の神のいます場所として、春日の山の伐採をせず原始林を残したこの

街の人びと。ために、奈良は世界で唯一、人になついた鹿のいる街となり、原始林のある三十八万人都市となった。街の発展より、平城宮跡保存と、鹿との共生、原始林の保護を優先させる決断をしたのである。奈良の人びとは、以上のような決断をした人びとなのである。

そんな街に住む人びとは、人間関係においても突出することを好まず、人との和を大切にして、その中に浸って生きようとする。だから、奈良の人は、会議が下手だ。誰も突出することを好まないから、誰もその場を取り仕切って物事を決めようとはしない。外から見ると無気力かつ現状肯定的に惰性に流されているようにさえ見えることがある。しかし、それには、理由があるようだ。奈良の人びとは、今あるものを後世にどう伝えようか、ということを第一に考えるから、大きな変化を望まないのである。と同時に、自分たちにできることの限界を知っているから、けっして無理をしないのである。平城宮、原始林、鹿の遊ぶ公園、古代建築、仏像。それらを、どう後世に伝えようか、ということを奈良の人は第一にすべてのものごとを考える。奈良の街の人びとが変革を求める時は、自分たちが変化しなければ、これらのものが後世に伝わらなくなる恐れのある時だけだ。奈良の僧侶は、今と自分を中心に、過去の百年と未来の百年のことを第一に考えている。明治の大修理の次は、平成の大修理。そこから、計算すると次の大修理は……と、お寺の修理と修理のための算段を考える。

対して、商売人たちは、無理をすることを嫌う。お金がない時は、それなりに質素に生活すればよいという考え方で商売をしているから、商売気がまったくない。奈良の商売人が気にしているのは、売り上げの方ではなくて、資産価値の方である。だから、資産の価値が減じないように経営をしようとする。売り上げは減っては困るが、経営を拡大して失敗することの方を恐れる。親から受け継いだ資産を守るために、今どうしたらよいか、ということを第一に考えるのである。ちなみに、貯蓄率、進学率、各家庭におけるピアノ保有率は、全国有数だ。いわば保有して資産になるものを大切にしている風土があるのである。

無理をしない気質

大阪の喰い倒れ、京の着倒れに対して、奈良は「建て倒れ」ないしは「寝倒れ」という。「建て倒れ」とは、家の普請にお金をかけて、その家に百年も住もうと考えるからである。だから、奈良の旧家の柱は皆驚くほど立派だ。「寝倒れ」は、なにもしないことをいう。何もしないで生きていけることが一番だというのが、この街の人びとの考え方の基本なのである。すべてが今あるものを大切に伝えようという考え方で、街全体が動いているのである。だから、無理をしたり、突出したりすることを人間関係においても避けるのである。ちなみに奈良の人は、十五分程度の遅刻は、遅刻とはみなさない。「大和時間（ヤマト・タイム）」と呼ぶ。無理をして急いだりしないのである。急いで体裁を繕うより、事故なく目的地に着くことを選択する人びとなのである。彼らは、長い歴史のなかでは個人の力など、いかに小さなものかを知っているのである。だから、大阪の人が奈良の人が歩いているのを見るといらいらするほど遅い、とぼやく。京都と比較すると、京都の人は京の都の今の「みやび」を演出しようとするが、奈良の人は、今あるものをそのまま見せようとする。だから、奈良の人は、自嘲気味にいつもいう。「奈良には、何も残っていませんよ。皆京都に持ってゆきましたから、大仏さんはもって行けんかったんでしょうけどなぁ。奈良で大切なものは、みんな地下にあります」と（第七章）。

以上のように書いてしまうと、奈良の人びとは、惰性で生きている意志薄弱な人のように見えるのだが、けっしてそうではない。現在のように、変化の激しい時代においては、「変えない」「守る」という選択をする方がはるかに困難で、強い意志がいる。木造建築の保存は、火災との戦いであると同時に、日々修理の積み重ねである。つまり、変化しないための努力が必要なのである。

歴史に思いをはせるために、街の中心に巨大な空洞を残すという決断をし、遺跡とともに、無理せず生きてゆくことを選んだ「奈良びと」。おそらく、現代の「奈良びと」は、この空洞に「歴史」と「物語」と「歌」がいっぱいつまっていることを知っているのである。本書では、その「歴史」「物語」「歌」の一部を私なりに掬いあげてみた。おこがましいことではあるが……。私はこの「奈良びと」たちに対して、無限の敬意を表し、本書擱筆の言とする。

あとがき

私は本書において、平城京に住む人にしかわからない感覚のごときものを描きだしたかった。平城京は、大極殿と朱雀門と朱雀大路と羅城門を結ぶ線を機軸線とする律令国家の都であり、それが「奈良の都」の顔であったこと（第一章と第二章）。そして、遷都によって、奈良に移り住んだ人びとは、徐々にここがわが街であると自覚するようになり、自分たちを「奈良びと」と呼ぶようになって、役人たちは地方赴任をすれば、わが街への望郷の讃歌をも歌うようになっていったこと（第三章と第四章）。

その役人たちはといえば、今日のような世知辛い人事考課を受けつつも、農繁期には自らの庄に出かけて、農作業に汗を流す人たちであったこと（第三章と第五章）。一方、女たちは、愛する人のために糸を紡ぎ、機を織り、水辺の労働に勤《いそ》しむ人びとであった（第六章）。けれども、休みの日には、時に恋人とガーデニングを楽しんだ「奈良びと」たち（第七章）。

そして、私は、最後に唐からやって来た僧・鑑真について語った。鑑真を日本に招聘するのに努力した人の縁。それに報いた鑑真の物語である（第八章）。

もちろん、以上が、平城京と平城京という街に住む人びとの全てではないが……以上が私が本書で描いた平城京の世界だ。

四十歳をすこし過ぎたころからか、私は写真をこよなく愛するようになった。一つには、セミプロだった亡き父の影響もあるのだが、母が俳人であるということも影響している、と思う。俳句や短歌も、風景を切り取るいわば「芸」だから、文字で作られた写真であるともいえるのである。では、私は写真鑑賞のどのような点を好むかといえば、切り取られた「今」が、「過去」となって冷凍保存されているという点を、こよなく愛しているのである。

なんだか、ここからは妙に大きな話になってしまうのだが、人はなぜ絵を残し、詩文を残し、写真を後世に残そうとするのかといえば、「今」ある風景や心情を凍結して後に伝えたいからではないだろうか。そして私は写真を切り取られた過去として見たいのである。再び訪れることのない過去という時間への愛惜の情が……写真を見るとせつないまでに心の中に込み上げてくるのである。そんな時、なぜか、俺も歳を取ったなぁ、と嘆息することが多い。だから、写真を撮ったり、詩文を書くという行為には、二度と訪れることのない時間への限りない愛惜が存在すると思う。問題は、いったい何を、どう切り取るか、ということだけだ。

私が写真について縷々述べたのはほかでもない、本書執筆への思いを語りたかったからである。賢明なる読者には、もうお見通しのことであろう。私は、万葉歌を千三百年前の文字で作られたスナップ写真の一齣《ひとこま》として読んでゆきたかったのである。したがって、本書は、万葉歌を通じた平城京論、平城京文化論であるといえるだろう。種明しをすると、以上が私の企図だ。

だから、本書は、よくも悪くも、万葉歌に、平城京とその時代を語らせる本であるといえよう。

つまり、歌に歴史を語らせる方法をとった本であるということができるかもしれない。

　考古学や建築史学の平城京研究は日進月歩であり、その成果をもとに執筆されたすばらしい平城京の本も今日数多く出版されている。しかし、考古学と建築史学によって語られる平城京の本には、人と人の心が登場しない憾《うら》みがある。いわば、「空き家」と「無人都市」の平城京論になるきらいがあるのである。私は、近年の考古学や建築史学、さらには文献史学の平城京研究の上に、万葉歌を重ね合わせることで、そこに人びとの声を蘇らせることができるのではないかと秘かに考えたのである（道路の幅を語るとともに、その道で行われたであろうナンパについても語ってみたかったのである〔二九頁〕）。

　一方、文献史学による平城京論は、権力者興亡史か、国家制度史に偏ってしまう。簡単にいうと、今日の新聞の一面で語る歴史なのである。しかし、権力者の列伝と、制度の歴史だけが歴史ではあるまい。新聞には三面記事もあるし、新聞に登場しない市井の人びとがいつの時代にもいる。いや、そちらの方が大多数だ。私はそういう人びとの声の一部を、今に届けたいと思ったのである。したがって、本書は、歴史上の有名人があまり登場しない平城京文化論かもしれない（例えば、洗濯する女たちなどを描いてみたかったのもそのためである）。

　おおかたの読者におかれては、不思議な平城京文化論を読まされた、と驚かれたに違いない。果たして、その試みは、成功したのか。今は、心静かに、読者お一人お一人の審判を待ちたいと思う。

末筆ながら、『魂の古代学』に引き続いて、今回も産婆役を果たした疇津真砂子さんに、お礼の言葉を述べたい。お蔭で執筆を通じて、たのしい空想の旅ができました。多謝。

御蓋が見える研究室にて　著者識

二〇一〇年　正月に

参考文献

井上和人『古代都城制条里制の実証的研究』学生社、二〇〇四年
今泉隆雄『古代宮都の研究』吉川弘文館、一九九三年
上野　誠『古代日本の文芸空間―万葉挽歌と葬送儀礼―』雄山閣出版、一九九七年
――『万葉びとの生活空間―歌・庭園・くらし』塙書房、二〇〇〇年
――『大和三山の古代』講談社、二〇〇八年
大室幹雄『園林都市』三省堂、一九八五年
小沢　毅『日本古代宮都構造の研究』青木書店、二〇〇三年
小野健吉『日本庭園―空間の美の歴史』岩波書店、二〇〇九年
金子裕之『平城京の精神生活』角川書店、一九九七年
金子裕之編『古代庭園の思想』角川書店、二〇〇二年
岸　俊男『古代宮都の探究』塙書房、一九八四年
――『日本古代宮都の研究』岩波書店、一九八八年
――『日本の古代宮都』岩波書店、一九九三年
鬼頭清明『日本古代都市論序説』法政大学出版局、一九七七年
――『古代宮都の日々』校倉書房、一九九二年
――『古代木簡と都城の研究』塙書房、二〇〇〇年

佐藤　信『日本古代の宮都と木簡』吉川弘文館、一九九七年
杉本一樹『正倉院―歴史と宝物―』中央公論新社、二〇〇八年
千田　稔『平城京遷都―女帝・皇后と「ヤマトの時代」』中央公論新社、二〇〇八年
舘野和己「古代都市―宮から京へ」佐藤宗諄編『日本の古代国家と城』新人物往来社、一九九四年
――「平城京その後」門脇禎二編『日本古代国家の展開　上』思文閣出版、一九九五年
――『古代都市平城京の世界』山川出版社、二〇〇一年
田中　琢『平城京（古代日本を発掘する3）』岩波書店、一九八四年
田中琢編『古都発掘―藤原京と平城京―』岩波書店、一九九六年
田辺征夫『平城京　街とくらし』東京堂出版、一九九七年
寺崎保広『古代日本の都城と木簡』吉川弘文館、二〇〇六年
東野治之『長屋王家木簡の研究』塙書房、一九九六年
――『遣唐使船　東アジアのなかで』朝日新聞社、一九九九年
――『遣唐使』岩波書店、二〇〇七年
――『鑑真』岩波書店、二〇〇九年
奈良国立文化財研究所
『平城京長屋王邸宅と木簡』吉川弘文館、一九九一年
――『平城宮発掘調査報告XⅣ　平城宮第二次大極殿院の調査』同研究所、一九九三年
――『平城京左京二条二坊・三条二坊発掘調査報告』奈良県教育委員会、一九九五年
――『平城京左京七条一坊十五・十六坪発掘調査報告』同研究所、一九九七年
――『奈良文化財研究所創立五十周年記念　日中古代都城図録』クバプロ、二〇〇二年

奈良市教育委員会
『史跡　平城京朱雀大路跡―発掘調査・整備事業報告』同教育委員会編、一九九九年
――『平城京東市跡推定地の調査』1～16、同委員会編、一九八三～九八年
奈良大学文学部世界遺産コース編
『世界遺産と都市』風媒社、二〇〇一年
仁藤敦史『古代王権と都城』吉川弘文館、一九九八年
古瀬奈津子『遣唐使の見た中国』吉川弘文館、二〇〇三年
森　公章『長屋王家木簡の基礎的研究』吉川弘文館、二〇〇〇年
――『奈良貴族の時代史―長屋王家木簡と北宮王家』講談社、二〇〇九年
山中　章『日本古代都城の研究』柏書房、一九九七年
渡辺晃宏『平城京と木簡の世紀（日本の歴史第4巻）』講談社、二〇〇一年

本書を読むための平城京関連年表

西暦	天皇	年号			事項
五九二	推古	崇峻	五		推古天皇即位、飛鳥豊浦宮に遷る。以降、六五一—三（孝徳天皇）の難波宮、六六七—六七一（天智天皇）大津宮をのぞいて、飛鳥地方に宮都が営まれる。
六九四	持統	持統	八	十二月	飛鳥から藤原京に都が遷される。（一章、二章）
七〇一	文武	大宝	一	一月	山上憶良が遣唐少録に任ぜられる。八月、大宝律令が制定される。
七〇二		大宝	二	二月	大宝律令施行。
七〇七		慶雲	四		山上憶良、三月頃帰国か。（四章）
七〇八	元明	和銅	一		平城の地に都を遷すことが決められ、平城遷都詔が発せられる。和同開珎が発行される。（二章）

七一〇		和銅　三	三月	平城遷都。（二章）
七一二		和銅　五	一月	太安万侶が古事記を謹上する。
七一三		和銅　六		唐は郎将崔忻（訢）を派遣して、大祚栄を左驍衛（員外）大将軍・渤海郡王・忽汗州都督に冊立する。
七一五	元正	霊亀　一	一月	大極殿で朝賀の儀が行われ、朱雀門の左右に騎兵ら陣立てして整列。（プロローグ）
七一六		霊亀　二	五月	大安寺が平城京に移転される。
七一七		養老　一		遣唐使として多治比真人、吉備真備、阿倍仲麻呂、僧玄昉ら渡唐する。
七一八		養老　二		元興寺、薬師寺が平城京に移転される。（三章）

七一九		養老 三	七月	常陸守兼按察使に、藤原宇合が任命される。（六章）
七二〇		養老 四	五月	日本書紀謹上。
七二一		養老 五		平城宮が改修される。
七二三		養老 七		三世一身法が実施される。
七二四	聖武	神亀 一		聖武天皇即位。貴族には、瓦葺き、朱塗りの建物が奨励される。
七二六		神亀 三	十月	二十六日、藤原宇合が知造難波宮事（ちぞうなにわぐうじ）に任命される。（四章）
七二七		神亀 四	九月	渤海国郡王使・高斉徳ら八人が出羽国に来着。これより、渤海国との国交が始まる。
七二八		神亀 五		大伴宿禰旅人、任地大宰府において最愛の妻・大伴郎女を亡くす。（四章、七章）

七二九		天平　一	二月	長屋王の変おこる。
			八月	藤原夫人（光明子）立后。
七三〇		天平　二		冬、大伴宿禰旅人の大納言昇進、平城京帰任。（四章、七章）
			十二月	山上憶良、敢えて私懐を布（の）ぶる歌三首（巻五の八八〇～八八二）。（四章）
七三二		天平　四	三月	知造難波宮事・藤原宇合が、五年半の歳月を要して難波宮を再興する。式部卿藤原宇合卿、難波の都を改め造らしめらるる時に作る歌一首（巻三の三一二）。（四章）
七三三		天平　五	四月	遣唐使船四艘が、難波を出航し、入唐の途につく。僧栄叡・普照らが随行した。（八章）
				大伴宿禰家持が、坂上家の大嬢に贈る歌一首（巻八の一四四八）。（七章）

七三四		天平　六	四月	遣唐大使・多治比真人広成らは洛陽に至り、美濃絁・水織絁などを献上する。
				栄叡（ようえい）・普照（ふしょう）、洛陽の大福先寺の定賓より戒を受ける。（八章）
			十月	遣唐大使・多治比真人広成らは、蘇州を出航して帰途につく。まもなく悪風に遭い、四艘は四散する。（八章）
七三五		天平　七	四月	入唐留学生の吉備真備が、唐より将来した唐礼・大衍暦経などの典籍及び天文具、楽器、武具などを献上する。
			閏十一月	唐にいる中臣名代が、唐朝に老子経本・天尊像などの下賜を請い、許される。ついで、玄宗皇帝の日本国王宛の勅書を賜り、帰途につく。
				この年、大宰府は漂着船にそなえ、南島に島名、停泊所などを記した碑をたてる。

七三六		天平　八	八月	遣唐副使・中臣名代らが、入京。拝朝。唐僧・道璿、波羅門僧・菩提僊那、林邑僧・仏哲らを伴なう。
			十一月	聖武天皇、中臣名代に謁見。詔を授かる。入唐副使従五位上の中臣名代は従四位下を、判官正六位上の田口朝臣養年富と紀朝臣馬主は従五位下を贈られる。准判官従七位下の大伴宿禰首名、唐人・皇甫東朝、波斯人李密翳らも位を贈られる。
七三七		天平　九		全国に流行病。藤原房前ら藤原四子相次いで没する。
七三八		天平　十		この頃、中臣宅守が越前に配流されるか。（一章）
七四〇		天平　十二	九月	藤原広嗣が反乱の兵を起こす。朝廷は大野東人を大将軍として広嗣を討伐させる。
			十一月	藤原広嗣が、肥前国松浦郡値嘉島長野村で十月に捕縛され、反乱が終わる。
				天皇は恭仁京に都を遷す。この時、平城宮の大極殿・回廊は解体

			十二月	して運ばれる。
				この年の前後、大伴宿禰家持が坂上大嬢に贈る歌一首（巻八の一六二九）。（七章）
七四一		天平　十三		国分寺・国分尼寺の建立の詔が出る。平城京の東西二市が恭仁京に移される。
七四二		天平　十四	八月	紫香楽宮が造られる。
			十月	栄叡と普照が、揚州・大明寺に鑑真を訪ねる。鑑真、渡日を受諾。渡航準備を始める。（八章）
七四三		天平　十五	四月	密告によって、鑑真の船は没収され、栄叡と普照は捕えられる（鑑真、第一次渡航失敗）。（八章）
			五月	墾田永年私財法が実施される。大仏の建立が始まる。

			十二月	鑑真一行は、改めて渡航準備を行い、総勢八五人で出航する。風波のために船は難破する（鑑真、第二次渡航失敗）。（八章）
七四四		天平　十六	二月	難波宮が都と定められる。（四章）
				鑑真一行は、船を修理し再び出航するが、遭難。明州阿育王寺（あいくおうじ）に収容される。越州、杭州、湖州、宣州を巡遊する間、越州の僧の告発により、栄叡が捕縛される（鑑真、第三次渡航失敗）。（八章）
				鑑真一行は渡航を準備し、福州へ赴く途中で、黄岸県禅林寺にて弟子・霊祐《れいゆう》の密告によって捕まり、揚州に護送される（鑑真、第四次渡航失敗）。（八章）
七四五		天平　十七	五月	都が平城京に戻ってくる。
七四六		天平　十八		大伴家持、越中に国司として赴任する。（四章）

七四八		天平　二十	十月	鑑真一行は出航したが、風波に遭い、南シナ海を漂流。（八章）
			十一月	鑑真一行、海南島に漂着する（鑑真、第五次渡航失敗）。（八章）
七四九	孝謙	天平感宝　一	閏五月	大伴宿禰家持、庭中の花の作歌一首〔并せて短歌〕（巻十八の四一一三〜四一一五）。（七章）
				鑑真は、振州（海南島）別駕馮崇債（べつがふうしゅうさい）の庇護を受け、振州大雲寺を修築する。さらに、崖州開元寺を再興する。（八章）
				鑑真一行は、その後、諸州を巡礼しながら揚州に向かう。途中、栄叡が没する。鑑真失明。鑑真の高弟・祥彦（しょうげん）が没する。（八章）
七五〇		天平勝宝　二	三月	大伴家持、越中で迎える四度目の春。八日に、白き大鷹を詠む歌一首〔并せて短歌〕（巻十九の四一五四）。（四章）
七五一		天平勝宝　三		鑑真、揚州に帰り、竜興寺に住す。（八章）

七五二		天平勝宝　四	四月	東大寺大仏の開眼供養会が行われる。
七五三		天平勝宝　五	十二月	鑑真を乗せた第二船が、薩摩国阿多郡秋妻《あきめ》屋浦《やのうら》に到着。（八章）
七五四		天平勝宝　六	二月	鑑真らが入京。聖武天皇の命により、安宿王（あすかべおう）ら羅城門に出迎える。（八章）
七五七		天平宝字　一		平城宮改修のため、天皇は一時藤原仲麻呂邸に移る。養老律令施行。橘奈良麻呂の乱が起る。
七五九	淳仁	天平宝字　三	六月	藤原仲麻呂政権により新羅征討が発議される。
			八月	唐招提寺が建立される。（八章）
七六〇		天平宝字　四	三月	万年通宝・太平元宝・開基勝宝が発行される。

七六一		天平宝字　五		平城宮が改修されるため、天皇は近江保良宮に移る（この頃、平城宮東朝集殿が唐招提寺講堂として施入される）。
七六二		天平宝字　六		淳仁天皇が平城宮に戻る。天皇と孝謙上皇の対立が激化。
七六三		天平宝字　七	五月	鑑真没す。
七六四	称徳	天平宝字　八		藤原仲麻呂の乱が起る。百万塔陀羅尼が造られる。
七六五		天平神護　一		西大寺が建立される。神功開宝が発行される。
七六七		神護景雲　一	二月	東院に天皇が行幸し、出雲国造の神賀詞奏上の儀式をおこなう。（七章）
七七〇	光仁	宝亀　一	八月	道鏡が失脚し、下野薬師寺に左遷される。
七七二		宝亀　三	十二月	彗星があらわれ、楊梅宮で斎会をおこなう。（七章）

七七三		宝亀　四	二月	楊梅宮が完成する。（七章）
七七七		宝亀　八	六月	楊梅宮の南の池で、一本の茎に二つの花をつけた蓮が咲く。（七章）
七八四	桓武	延暦　三	十一月	長岡京に都が遷される。（プロローグ）
七九一		延暦　十	九月	平城宮の諸門が長岡京に移転される。
七九二		延暦　十一	二月	都護府に平城旧宮を守るよう命が下る。
七九四		延暦　十三	十月	平安京遷都。（プロローグ）
八〇九	嵯峨	大同　四	十一月	平城上皇が平城宮に戻り、宮殿を造営する。
八一〇		弘仁　一	九月	平城上皇、都を平城京に戻そうとするが失敗（薬子の変）。

八二四	淳和	天長　一	七月	平城上皇没す。楊梅陵に葬られる。
八六四	清和	貞観　六		この頃、平城旧京は荒れて、水田となっていた。（エピローグ）

作成協力　今井恵・真嶋俊介・大場有加

掲載図版協力・出典

8頁　奈良市周辺（地図作成・ジェイマップ）
10頁　若草山山頂からの写真（撮影・新潮社写真部）
12頁　奈良鳥瞰図（地図作成・ジェイマップ）
16頁　平城京の条坊（奈良文化財研究所『平城京再現』新潮社より）
17頁　隋唐長安城考古発掘図（妹尾達彦『長安の都計画』講談社より）
20頁　奈良時代前半の平城宮、後半の平城宮　（「特別史跡　平城京跡」奈良文化財研究所リーフレットより）
24頁　薬師寺（撮影・新潮社写真部）
26頁　復元された第一次朝堂院大極殿正殿（撮影・新潮社写真部）
33頁　平城京、朱雀門（写真提供・奈良市観光協会）
40頁　転々とする都（奈良文化財研究所『平城京再現』新潮社より）
43頁　ミヤとミヤコの概念図（上野誠『ＮＨＫこころをよむ 万葉びととの対話』日本放送出版協会より）
50頁　天皇と都をめぐる二つの考え方（上野誠）
57頁　水運を利用した都の移動（上野誠）
65頁　明日香・藤原地域（地図作成・ジェイマップ）
67頁　元興寺（写真提供・奈良市観光協会）
76頁　平城京の人口構成（鬼頭清明『日本古代都市論序説』法政大学出版局より）
87頁　範式の木簡：湯ノ部遺跡出土牒文書木簡（滋賀県教育委員会・滋賀県文化財保護協会編『湯ノ部遺跡発掘調査報告書Ⅰ』より）
123頁　正倉院の白布（『「正倉院展」目録』奈良国立博物館より）
128頁　川辺で洗濯する女たち（『扇面法華経』、上野誠『おもしろ古典教室』ちくまプリマー新書より）
147頁　復元後の平城宮東院庭園（『東アジアの古代苑池』奈良文化財研究所 飛鳥資料館より）
171頁　唐招提寺金堂（撮影・新潮社写真部）
177頁　鑑真和上坐像（唐招提寺蔵。撮影・入江泰吉、写真提供・入江泰吉記念奈良市写真美術館）

新潮選書

万葉《まんよう》びとの奈良《なら》

著　者……………………上野《うえの》 誠《まこと》

発　行……………………2010年3月25日
5　刷……………………2022年5月15日

発行者……………………佐藤隆信
発行所……………………株式会社新潮社
〒162-8711 東京都新宿区矢来町71
電話　編集部 03-3266-5611
読者係 03-3266-5111
http://www.shinchosha.co.jp
印刷所……………………錦明印刷株式会社
製本所……………………株式会社大進堂

乱丁・落丁本は、ご面倒ですが小社読者係宛お送り下さい。送料小社負担にてお取替えいたします。
価格はカバーに表示してあります。

ISBN978-4-10-603655-2 C0395

つくられた縄文時代
日本文化の原像を探る
山田康弘

日本にしか見られぬ特殊な時代区分「縄文」は、なぜ、どのように生まれたのか？　最新の考古学的研究が明かす、「時代」と「文化」の真の姿――。

《新潮選書》

明治神宮
「伝統」を創った大プロジェクト
今泉宜子

近代日本を象徴する全く新たな神社を創ること――西洋的近代知と伝統のせめぎあいの中、独自の答えを見出そうと悩み迷いぬいた果ての造営者たちの挑戦。

《新潮選書》

日本の感性が世界を変える
言語生態学的文明論
鈴木孝夫

対決ではなく融和、論争より情緒。今こそ「日本らしさ」が必要だ――。言葉と文化に思索を重ねてきた著者が、世界の危機を見据えて語る日本人の使命。

《新潮選書》

漢字世界の地平
私たちにとって文字とは何か
齋藤希史

漢字はいつどのようにして漢字となり、日本人はこの文字をどう受けとめてきたのか？　甲骨文字から言文一致へ、漢字世界のダイナミズムを解き明かす。

《新潮選書》

「里」という思想
内山節

グローバリズムは、私たちの足元にあった継承される技や慣習などを解体し、幸福感を喪失させた。今、確かな幸福を取り戻すヒントは「里＝ローカル」にある。

《新潮選書》

森にかよう道
――知床から屋久島まで――
内山節

暮らしの森から経済の森へ――知床の原生林や白神山地のブナ林、木曾や熊野など、日本全国の森を歩きながら、日本人にとって「森とは何か」を問う。
《新潮選書》